徐小斌经典书系｜第十三卷 影视剧本集

弧 光

徐小斌 著

作家出版社

总序 梦想成精——徐小斌的小说世界

陈晓明

徐小斌在当代中国文坛虽然说不上是妇孺皆知，但说她声名远扬是不为过的。这当然主要体现在徐小斌是一位个性显著的作家，喜欢她的人会盛赞不已。无疑，徐小斌是一位实力派作家，她获得的赞扬与她作品创造的意义相比是恰如其分的，甚至有不少评论家会说，徐小斌是一个被低估的作家，她的作品中显然有很多的内涵还有待深入挖掘。徐小斌内心十分沉静，始终以自己的方式写作。她对文学的那种执着的态度和方式，是当今中国作家所少有的。徐小斌追求一种纯粹的文学，一种用汉语的纯美品性来书写的文学。这种说法似乎显得很不必要，这能说明什么问题呢？她似乎并不为时代热点所动，也不追逐重大的历史命题，她的探索也不介入某些潮流。但徐小斌个性鲜明却又具有多面性：对于一部分人来说，徐小斌是一个玄奥的有神秘主义意味的作家；在另一些人看来，她是一个准女性主义者；一些人认为她的写作非常前卫，也有一些人会把她看成一个把传统风格发挥到极致的人。说到底，这主要源自她的写作本身的多面性。但不管怎么说，徐小斌对小说孜孜不倦则是肯定的。对于她来说，小说就是她的生存世界，她倾心于这个世界，把自己全部交付给这个世界。以这种态度来写作小说，也就不难理解徐小斌的小说充满着虚构的色彩，这个世界融瑰丽的想象、诗性、形而上的神秘意念于一体，在我们的面前无止境地伸展敞开。

一、让女人成为文学的精灵

徐小斌的小说写出一系列极其独特的女性形象，足以让她在当代中国文坛独树一帜。她笔下的女性与在历史和现实中还原的女性形象很不相同，她的女性形象，更主要是诗意想象与神秘体验的产物。1993年的《迷幻花园》标志着徐小斌写作的新阶段，她把女性的绝对的爱欲放置到她的写作中心，把语言的精致化，与生存世界不可知的可能性及其宿命论思想相结合，构造了一种纯粹隐含着复杂变异的小说叙事文体。《迷幻花园》属于实验性很强的作品，它没有明晰的故事情节，但是有着非常精致的感觉片段。写过《对一个精神病患者的调查》的徐小斌写下这种小说是一点也不奇怪的，那篇关于精神病人的小说，据说给诗人海子以很大震动。而《迷幻花园》又是一次对女性的某种接近疯狂状态的心理描写。在最低限度上，这篇小说可以看成是关于两个女人和一个男人的故事。显然，这个故事并不重要，重要的是它引向对女性绝对命运的探寻。少女之间惯有的纯真友情，在这里被处理成女人最初的"镜像置换"。芬与怡最初通过对方认识到自己的特征，并且在后来的岁月里，她们总是处在奇怪的分离和重叠的状态中，她们各自占有对方的位置，又不断迷失。徐小斌似乎试图表明女人永远找不到自己的位置，芬夺取怡的位置不过是完成了一次放逐。女人的形体与灵魂永远错位，因为中间总是插入一个绝对的男性，她们永远无法跨越这道门槛。徐小斌对女人存在境遇的书写，充满了绝望的诗情，那些悲剧式的女性闪烁着精灵一样的美感。

随后的《双鱼星座》看上去是在讲述"一个女人和三个男人的古老故事"，但这个古老的故事被徐小斌以非常个人化的当代性的经验加以改造。卜零，这个优雅而聪明绝顶的知识女性——与其说这是典型的知识女性形象，不如说是知识女性乐于认同的自我形象。这个优雅的女人在三个男人之间周旋，对家的厌恶，对权力和社会制度的拒绝，与对爱欲的纯粹追寻相混淆，使卜零如此密切地扣紧这个时期的物质生活。那些流行的俗世价值观念，又不断地在虚幻的空间、在自我的想象中呈现。古典时代温情脉脉的两性关系，那个生活的寄托——家，在这里却是生活的牢笼，一个极为虚假而没有实际内容的处所。在20世纪90年代，这个被普遍描述为商业／文化二元对立的时代，徐小斌率先展开了对变了质的两性关系的书写。这一切混杂着对这个时代的流行价值的抨击和那些生命神秘体验的寓言性叙述，使得徐小斌的这个既古老又当下的故事具有犀利的直接性和女性神话学的另类经验。

徐小斌一直在探索一种新的写作法则，促使那种玄妙的形而上的思想意念与明晰流畅的故事相交合——这在某种意义上也表征着20世纪90年代趋向于形成的多元性的叙事法则——显然，对女性爱欲的关注使她找到连接二者的自然通道。把女性的爱欲与某些循环论和文化原始神话相混合，构成她叙事的内在意蕴，它们使她的那些关于女性爱欲的故事具有不可知的神秘性。她刻画的那些女性像是一些镜子中的人，像在水上行走的精灵，她们以遗世孤立的姿态决绝地走向生活的绝境。然而，她们却又异常明晰地折射出当代生活的那些直接的现实和流行的价值观念，以女性的特殊的话语实践对当代生活作出尖刻的析解。她的叙述是一些独白，又是一种现实；是一种呈现，也是撕裂；是一种抚慰，更是一种抗议。

《敦煌遗梦》是徐小斌20世纪90年代有代表性的长篇小说，它显示了她对形而上事物的爱好，以及具有多元综合的描写生活的能力。这部长篇更是抓住"敦煌"这个神秘而神奇的空间来展开叙事。宗教的神秘、世俗的爱欲、权力和阴谋，三位一体构成这部小说的叙事主体。

整个宗教世界在叙事中起到了双重的作用，其一是与世俗的爱欲相对构成了一个"生命之轻"的叙事圈；其二是宗教的那种神秘性氛围与世俗的阴谋构成了一个"生命之重"的叙事圈。这两个叙事圈又经常交合在一起，它们显示了生存的复杂意味。

小说叙事的表层是一个典型的浪漫的爱情故事。男主人公张恕和女主人公肖星星邂逅于敦煌，他们之间很快就产生了感情。但这个感情关系很快被另外两个人的出现打破了，一个是无晔，另一个是玉儿，这里迅速出现了四角关系。令人惊异的是他们各自都找到了另一种爱欲，出现了错位式的爱情。这部小说的叙事，或者说肖星星和张恕这两个人物总是在精神、爱欲、阴谋三者之间循环，他们像某种怪圈组合在一起，在每一个极端总是预示着另一个起始，总是向另一个对立项转化，而具有一些奇妙的双重意味。这部小说无疑企图求解生命存在的极端含义——它是那些女性末世学或宿命论，灵魂转世学说以及玄奥的博弈论相混淆的超级方程式。然而，对于徐小斌来说，这些形而上的理念，这些神秘而玄奥的宿命哲学，绝对不是她要明确解决的理论问题，它们仅仅是一些悬而未决的背景。她的小说的叙事是快乐的，是灵巧而智慧的。她把中国古代的宗教与当今中国的生存现实相连接，把最神秘的宗教体验与女性的爱欲经验相混淆，把邂逅的浪漫与贩卖文物的国际阴谋相接轨……这些都显示了徐小斌的小说叙事的开放笔法和引人入胜的精彩结构。

徐小斌发表于2000年的《女玑》是一部神秘而怪诞的作品，在短篇小说的篇幅里，讲述了一位虚构的燕国公主的奇特人生，在战国征伐、荆轲刺秦的历史缝隙中，这个未得史书记载的女性寻觅着自己的人生价值。她曾追逐情欲，却爱而不得，她曾试图重整河山，却发现什么也改变不了。在命运的无声指引下，她终于走向了女玑的神巫洞，在最深的自我封闭中接近了最玄妙的真理。这个神秘主义的故事始终有一个爱情故事的形状，公主的爱情和她的开悟纠缠不可分割，不可捉摸的世界本质有了感人至深的世俗形象，二者严丝合缝，折射出徐小斌高明的叙事策略和深刻的形而上思考。

二、虚构绝对的女性历史

多年来，徐小斌一直在讲述女人的历史，20世纪80年代中期，她远离文坛中心，沉静而执着地写作。人们几乎突然才意识到这个人是一个不容忽视的存在。1999 年 1 月的某个周日，在北京新落成的巨大的图书大厦里，《羽蛇》的首发式签名售书吸引了络绎不绝的读者，创下半天售出三百七十多本的纪录，把徐小斌的书写事业推向炫目的高峰。但在闪烁的镁光灯下，徐小斌却依然沉静如初。对于她来说，《羽蛇》不是结束，而仅仅是开始。

《羽蛇》是一部纯净深刻的作品，散发着古典主义的怀旧情调。但在其单纯的外表下，掩藏着相当丰富的关于女人历史的种种探究。

《羽蛇》构造了一部绝对的女人历史。说其绝对，是指这里的女人历史与男权历史相对立，这部历史顽强地抗拒世界历史的宏大叙事。《羽蛇》的叙事明显是一种历时性的结构，小说的情节发展与中国现代史同步，历经民国、新民主主义革命、社会主义革命、文化大革命、改革开放、跨国资本主义时代。小说历时几近一个世纪，概括中国现代启蒙与革命的变迁过程，一个家族无可挽回地走向破败的历史。以玄溟为首的女人群体，也是一部中国现代历史。历史的变迁，使这些女人历经沧桑，面目全非，她们由富贵而贫困，由娇艳而衰老，由天真而怪戾。历史严重改变了这些女人的外部，但没有改变女人的内在性。这些女人一如既往，执着地根据自己的内心愿望顽强生活下去，她们几乎是自觉走向命定的归途，但她们从不根据外部历史的变化而改变自己的品性和内心生活。玄溟是一个旧式中国妇女，这个据说曾被慈禧太后抱在怀里的聪明伶俐的女孩，后来看上去像是传统中国父权的卫道士。事实上，玄溟象征性地意指着中国传统父权的危机。小说中晚清时期的"老爷"，即玄溟的丈夫不过是"纸老虎"，几乎是缺席的。小说写到这个家族最高的男权人物"老爷"的时候很少，我们知道他不过是个洋务买办（铁路局长？），在外面养了小，很少回家，保持着中国传统男权的不少恶习。传统中国的男权历史不仅半殖民化，而且陈腐不堪。玄溟真正操持着这个家族，统治着这些女人，她们自成一体，构成一个后母系社会。徐小斌是有意还是无意？这个家族的男性或虚弱不堪，或英年早逝（如天成）。这个家族不再是男权驾驭女人的强权社会，而是男人落入女人圈套的生存游戏。陆尘这个风度翩翩的男人，没有逃脱玄溟为若木设计的婚姻规划。徐小斌笔下的男人通常都是一些庸碌之辈，或者是一些漂亮脆弱的剪纸式的人物。虽然男权构造的历史庞大而充满暴力，但作为个人的男性却无所作为。男人是一些集体性的群居式的盲从动物。徐小斌的女人却始终不渝地有着她们的发展史，乃至于个体发展史。每一个女人都有她的存在理由，她的选择与目标，她们永远怀着最初的生命动机，坚忍不拔地走向生命的终结。玄溟着笔虽然不多，但整部小说却始终渗透着她的气息。这个女人历经半个多世纪，历史已经发生翻天覆地的变化，但她却依然故我，还保持着她对这个家庭的精神支配，她甚至连口味都没有变化，她没有迁就外部社会，她有着自身不变的历史——一种看上去微不足道的然而却是最具韧性的自在的历史。

玄溟的精神在若木的身上以更加怪戾的方式加以繁衍。若木跨越几个时代同样没有改变个人的品性，革命把陆尘变成一个平庸的技术官僚，但却没有改变若木拿着金钥匙掏耳朵的姿势。受过良好的中国现代启蒙教育的若木，知书达理只是她的外表，用于俘获一个理想丈夫的手段，她的骨子里却渗透着中国传统妇道人家的本性。这正如浸淫现代性的中国，并未摆脱它的传统本性一样。若木在年轻时就习惯于颐指气使，对女佣进行精神虐待毫不手软。成为母亲之后，她并不像中国文学里通常的母亲形象那样温柔贤惠，而是一个尖刻怪戾、反复无常、冷漠自私的女人，总之，她凭着她的本性生活，与玄溟一样拒绝被历史同化。

小说的主人公羽和她的两个姐姐绫和箫，这是几个个性鲜明独特的女子，能把几个女人写得活灵活现，性格迥异，也可见徐小斌的笔力非同凡响。绫与箫是不同类型的女子，绫的故事充满了女人凭着内心冲动去选择生活的渴望，绫机敏善变，但她从不屈从于环境，我行我素是她的本性，她选择丈夫和情人完全凭一时的冲动。这个开放的女子实际非常自私，她渴望男人，但她却用了低俗的手段去控制男人，甚至加害自己的妹妹箫。看上去老实的箫，也有着自己对命运的不动声色的主动把握，徐小斌笔下的女人都很有质感，就在于她们每个人都有自己的本体存在，有着自己不被外部世界异化的内心生活。在任何时候，女人的个人生活史都是一部不可更改的独特史。徐小斌从不回避直接表现女人的内心欲望，女人对自身的身体意识，反复地读解自己的身体，这是徐小斌表现女人自我意识的一种方法。尽管这种视角多少夹杂了一些男性的欲望化想象，但徐小斌优雅的叙述总是能创造一种动人的氛围。

当然，小说的主人公羽是徐小斌刻意创造的一个绝对的女性。之所以称之为绝对的女性，在于羽是一个非同寻常的女性，她的存在方式，她的经验已经超出日常生活中的女性，而是由关于女人的绝对概念构造而成。或者说，她是一个本质性的女性。这并不是说徐小斌描写的这个女人只是从概念出发，这与我们过去批评的"左"派政治所设定的概念化人物根本不同，后者不过是政治意识形态规定的同语反复的产物，而前者则是作家个人能动地认识世界的思想结晶。羽被刻画为神经质，具有神秘主义本能倾向，向往形而上学，对不可知世界的迷恋，文身，与佛教徒和异见人士的爱恋，变相的反俄狄浦斯情结（即仇母情结）等等，所有这些没有一个行动表明羽属于现实世界。羽始终觉得自己与世界格格不入，周围充满了生活的陷阱，但她只是顽强地保护着个人的内心幻想，她与周围的世界无关，她只根据她的内在本质行动。羽像是徐小斌理解的关于女人的本质，或者一种本质的女性。关于羽的叙事，完全采用了诗化的和神秘化的表意策略。对羽的表现可以看出徐小斌叙述的特殊方式，羽的幻想特征使小说具有双重世界存在的可能性，羽一方面沉湎在自己的拉康式的"幻想界"里，另一方面却经历着真实的"现实界"。她所经历的那些事件和人物，如果做些简单的考据学工作的话，可以找到纪实性的原始素材依据。但这些并不重要，羽的故事可以进行拉康式的读解，令人惊异的是，羽是对拉康理论的女性主义式的改写，也就是说，杀父娶母的"俄狄浦斯情结"被改变成一个女人作为主体的故事。与之相关的"菲勒斯"崇拜，也被最大限度地改写了。羽似乎从来没有成年，处在历史的脱序状态，她同时也疏离于母系社会的历史。"脱离了翅膀的羽毛不是飞翔而是飘零，因为它的命运，掌握在风的手中。"羽在飘落，始终向着黑暗飘落。徐小斌对一种状态和感觉的把握是相当出色的。

小说中出现了几个男人的形象，他们无一例外属于女性历史的反面。圆广 / 烛龙也只有在羽的幻想界里才具有超凡的精神力量，一旦回到现实界，例如烛龙，后来也不得不显出凡人的疲惫。男人的历史是可疑和可悲的，也许是无意的，徐小斌写到的两位可以为女人接受的男性，烛龙和朋，一个是流亡的异见人士，另一个是携款外逃的经济犯。这就是男人的历史。支撑这个世界的强大的男性力量，正处在深刻的危机中，这两个男人不过象征性写出了这个时代的男性与世纪初的男性（老爷之流）所遭遇到的不同命运。

但不管如何，《羽蛇》讲述的女人的故事无疑是独特而丰富的。这部"后母系社会"式的女性史，展示了女人是如何按照自身的历史延续性，拒绝和疏离男性轰轰烈烈的现代史的生活历程。在现代性的宏伟历史进程中，自在独立的女性史在徐小斌的笔下并不是平静自在自为的，这部女性的历史也不是和谐融洽的，女人在现代史的背景上，开展了自己的历史活动，成为女性书写自己历史的起源。就是在这个从社会学的角度来看作为一个由血缘关系构成的女性家族里，女性之间的排斥和敌对，构成其历史的主导内容。这也许是徐小斌的惊人之处，当她把女人的历史与男人的历史对立起来时，她并没有去讲述一部女权主义者惯常要关注的姐妹情谊（与男权世界对抗），而是女人之间，特别是女性亲人之间的敌对。这些女性都进入宿命论式的对立和仇视。一个排除了男权的女人世界，充满了令人惊异的压制与颠覆、爱与背叛的斗争。在所有这些斗争中，母女之间的对立构成矛盾的轴心，母亲对女儿的控制与戕害，女儿对母亲的逃避与反抗，形成层出不穷的环节。

若木在年轻时为母亲玄溟所支配，上学时母亲居然坐在后座监督，母亲设下圈套为她找一个如意郎君，女儿的生活按照母亲的意志发展。幸福这一概念被母系社会的权力所曲解。当若木成为母亲后，她也没有放弃对女儿的精神压迫，羽时时感受到母亲的冷漠，从小她就顽强地相信"母亲不爱她"。在女儿发现母亲的"不爱"时，羽又在找寻另一个母亲，她与金乌的关系，就更具有恋母的意味。确实，小说中不止一处写到"寻母"的情节，血缘关系似乎发生危机，而精神之母则在她们的心灵里占据着支配地位。金乌同样是一个"失母"的人，徐小斌在这里编织的故事有着某种哥德尔数学悖论式的怪圈。这些遭遇母亲遗弃的女儿，却在坚持不懈地寻找精神之母。而金乌和羽的相遇，更像是来自母系社会的某种原初记忆。她们在撒满鲜花的浴池里采取的性行为，在小说的叙事中，无疑有奇特的象征意义。这个行为如果把它理解为是对母系社会的原始记忆的某种恢复，不过是一种施行成人礼的史前仪式的象征行为。也许在徐小斌看来，血缘并不足以构成母系社会的内在凝聚力，相反，她看到血缘关系的困境。徐小斌骨子里是一个反社会的唯美主义者，她把一切社会性的结构关系，都看成是违背人性、压制人类之爱。只有"美"才是维系人类相爱相亲的根本纽带。在某种意义上，徐小斌讲述了一部后母系社会的历史，她又以血缘关系为支点对其进行解构。她显然在设想重建一种女性历史的可能，这就是以"美"的理念为新的历史起源。

三、关于美与神秘以及神话写作

徐小斌从来不掩饰她对美的赞颂，以至于这在她的小说叙事中成为一种障碍，她的主要人物几乎都是超凡脱俗的，美在精神上战胜一切丑恶事物，美本身就是最高的神性。在小说中不难看到，所有美丽的事物都遭遇到政治或人性的迫害或亵渎，但在所有与美的对抗中，政治或人性之恶在精神上早已处于劣势。金乌或金乌的父母都无不如此。徐小斌笔下的美的事物也经常夭折或最终毁灭，特别是她的作品中经常出现一些年轻的男子，他们主要是女性幻想的纯粹男性形象。徐小斌的审美理念的核心是女性的怪异之美，来自于女性的神秘本质。因此，"美"在徐小斌的小说叙事中，就不仅仅具有感官的特征，它们具有复杂的思想内容。特别是这些美的事物所具有的神秘主义倾向，使徐小斌的小说叙事透示出准宗教的精神底蕴。

神秘主义是徐小斌始终不渝追逐的思想意蕴，这使她的小说叙事在一种透明的质感中，隐含着某种不可知的宿命论观念。早在《敦煌遗梦》里，徐小斌就试图把宗教思想作为小说叙事的背景意义，起到隐喻作用。在《羽蛇》中，可以看出徐小斌的这一做法更加圆熟老练，羽的那种对外部世界、对母系家族统治的厌弃，根源于她内心的宗教冲动，她对神秘性事物的向往。她的类似梦游的刺青行为，是她幻想的宗教经验。烛龙不用说，完全是一个根源于她的女性原初记忆的男子。羽的行为和感觉，因为宗教的背景，而并不让人觉得怪异，使羽可以超越现实的逻辑，执拗地在自我的世界里行走。刺青不过是一种视觉效果，是徐小斌借此沟通神秘世界的一种符号代码。刺青是一种反常的重写身体的行为，它以符号化的方式给身体命名，通过对肉体的改写而遮蔽肉体，并给予肉体以精神性的象征意义，它使活的肉体与远古图腾，与已死的历史相连接。文过身的身体不再是单纯的肉体，它已经给予一个象征的和超越的来世。隐秘的文身是对现世的一种逃遁，就像当今时代展露在外的文身是对社会的反抗一样。确实，徐小斌借助了象征符号，赋予她的人物以特殊的超验性存在。因此，徐小斌的小说总是有一种形而上的超越性意义，她在那些日常性的世俗化的生活的深处，置入不可知的神秘主义意味，这使她的小说具有引人入胜的可读性，又不失玄奥的生命体验意义。

徐小斌的小说写作富有才情，想象奇崛瑰丽，她热衷于制造空灵优雅的艺术氛围，在处理那些年代久远的故事时，可以看出她的叙事得心应手，对徐小斌来说，小说叙事并不是形而上观念的产物，也不是一些概念化的演绎，尽管她的小说隐含着难以言喻的不可知论或宿命论的意义，但她的大部分故事主体都来自她个人的直接经验和记忆。仔细阅读徐小斌的这部小说，也不难发现，那种强烈的虚构色彩，与某种可以在经验中印证的事实相混合，构成小说叙事的内在张力。小说的叙事呈两极发展，幻想中的超验世界和可理解的现实世界。这两条线索平行发展或交叉运行，使小说叙事虚虚实实，变幻不定。可以看出徐小斌驾驭小说叙事的出色才能。但同时也可以看出，徐小斌在迷恋那些玄奥的观念的同时，也难以拒绝那些蛊惑人心的直接经验，这使她在如何把握小说叙述视角方面具有双重性：她不断地用描写性很强的句式去表现她那些"真实的"直接经验。并且随着小说叙事切近当代生活，特别是靠近当前的生活，小说越来越采用纪实手法。小说到后半部分差不多抛弃了对幻想经验的表现，而转向更实的现实经验。到底是这些已经发生过的真实故事吸引徐小斌，使她有理由相信，现实（已经发生的经验）比幻想经验更有力，还是因为那些玄虚的描述已经令人疲倦？一些当代作家只要一写到当前生活，就感到困乏无力，他（她）们几乎处在双重困境：现实本身以两极形式呈现出无法捉摸的特征，要么现实就是一团毫无生气的日常流水账，它使文学虚构无从下手；要么现实本身就神奇精彩，它使文学虚构相形见绌。很显然，徐小斌一写到当代生活就遭遇到后一种情况，她的经验世界里存留了一些使文学虚构黯然失色的故事，她试图用实录的手法使之再现。小说的虚构功能已经难以与现实本身不断创造的奇闻逸事相媲美，对"事实"（或真实）的崇拜，已经成为当代由电视媒体制造的认知体系的首要真理，文学虚构不得不怀疑自己传统的审美观。如果说，传统现实主义对"事实"（或真实）的强调，不过是在意识形态先验论意义下的虚拟，那么，当代虚构文学已经不再严格依附于一种强制性的意识形态，它只是从现时代的认识论意义上，对"真实"和"纪实"表示认同（屈从）。但就《羽蛇》的叙事总体而言，徐小斌把握幻想界和现实界的关系还是相当成功的，一部叙事跨越近一个世纪的小说，并没有笼罩旧时代的氛围，相反，始终充满了当代气息，这得益于作者随时把握住的主观化的叙述视角，并自然地把故事引入当代现实。

总之，《羽蛇》是一部奇特而值得耐心读解的作品，作为一部少有的在历史变动中全力书写女性的小说，徐小斌揭示了一部意味无穷的女性系谱学，特别是她触及的存留在母系文化谱系中的深刻矛盾，既反映了人类最久远的经验，也提示了人类现在以及将来可能面对的问题。这部小说的丰富、深刻和优美，都表明了当代中国女性写作所达到的高度。没有任何理由认为女作家写的具有女性主义倾向的作品就是好作品，或值得一读的作品。就像中国任何概念都要迅速庸俗化和廉价一样，女性主义这只标签也快被弄得面目全非。指认徐小斌小说的女性主义特征，并不是因为作者的女性身份（正如女权主义者西泽斯所说的那样，女性作者完全有可能写作非常男人化的书），也不是因为作者讲述了一群女人的故事，更重要的在于作者以相当坚定的方式，揭示了一段含义丰富的女性自我认同的历史，女性自我异化的历史。性别身份的危机也许是徐小斌率先意识到的难题，这在当今中国文化中，其真伪一时尚难以断定，但徐小斌率先对此作了表述。徐小斌在这部小说的题记里写道："世界失去了它的灵魂，我失去了我的性。"事实上，世界并没有完全失去它的灵魂，因为文学一直在修复它；女人也没有完全失去她的性，因为文学使人们重新认识女人的性——这就是《羽蛇》的意义所在。

四、历史与文学相遇

在中国文坛，徐小斌虽然没有大红大紫，但她肯定是一个真正的实力派作家。没有人怀疑她对文学语言有着精致入微的理解，也没有人不为她所营造的神秘主义诗性所感动。她总是不温不火，不疾不徐走着自己的路。《羽蛇》是当代小说中难得的精品之作，数年过去了，徐小斌并未乘胜追击，只是不时出手一些唯美主义式的小说，若隐若现地印证着她所向往的那种飘逸境界。出人意料，2004年盛夏，徐小斌出版了一部长篇历史小说《德龄公主》（人民文学出版社），这显然令文坛大吃一惊。一直热衷于进入虚构的神秘诗性深处的徐小斌，何以会闯入务实的历史小说领地呢？历史领域曾经一度构成一部分先锋派作家的语言实验飞地，那是回避现实矛盾而又可以展示文本和个人独特感觉的有效空间。苏童、北村等人都有过类似的举措。但回归写实的道路来切入历史小说，这还是一种新奇之举，徐小斌这回可算是另辟蹊径。

这部小说讲述年轻漂亮而聪慧的德龄公主在欧洲长大成人回到中国，进入皇宫受到慈禧太后恩宠的故事。这个故事还交织着德龄公主与年轻的美国医生怀特的爱情，她的妹妹与光绪的感情纠葛。小说通过德龄公主的交往关系，展示了皇宫里种种人情世故，恩怨情仇。德龄公主目光所及，正是清王朝腐败无能走向衰败的历史时期，也是中国近代历史剧烈变动，内外交困的关键年代。小说把宫廷里的险象环生的权力斗争与风云变幻的政治风云结合在一起，揭示出从传统封建社会进入现代社会的历史艰难行程。总之，这是一个少女和一个帝国的故事，它呈现了一个庞大的古老帝国在风雨飘摇中度过的最后时光的情景。在全球化迅猛扩张的今天，看看百多年前古老的中华帝国初始遭遇西方文明挑战的场景，无疑更加令人触目惊心。

当然，"历史"在当今消费主义盛行的时代也变得神情暧昧，人们越是远离历史，越是失去历史，人们越是要以想象的方式重温历史。历史变成了人们消费的必需品，而历史也在消费中被放大或者消解。进入20世纪90年代，随着中国经济神话腾飞，媒体这个后工业化社会的典型产业的兴盛，"历史"成为小说、影视剧的热门素材。就近年而言，描写清史的小说或历史剧不在少数，徐小斌有什么过人之处还要做此选择？据说她花了整整四年工夫，阅读了从北图到首图的几百本资料，从收集资料到写作到修改，其中的甘苦不言自明。这显然比徐小斌做她擅长的虚构小说要困难得多。显然，徐小斌把握住德龄公主就等于把握住一个独特视角，而这一视角是过去的清史小说或影视剧所欠缺的。这一独特视角就是中西文化在近代转型时期的交汇与冲突。尽管过去的作品也写到这点，但都只是作为一个局部的视点附属于民族矛盾和政治斗争的主线，在徐小斌这里，德龄公主这一视角则是深入而全面地展示以慈禧为首的清廷对西方文明的极其复杂的心理和接受过程。

德龄的父亲是驻法公使，她自幼受到西式教育，她和妹妹容龄是舞蹈家邓肯免费收的二位学生，通晓西洋礼仪、教养、音乐和多国语言。慈禧对她的欣赏，与慈禧惯常给人的狭隘保守闭关锁国的形象大有出入。小说虽然也写到慈禧种种保守愚昧的思想与行为，但她对德龄的接受，对西方文明的有限吸收，似乎更深入细致地展现了清帝国对西方文明的回应。小说写到慈禧由抵触到接受卡尔给她画像的故事，这明显表明慈禧对西方文明做出的姿态，同时也表现了慈禧真实的心理变化过程。一个更具有积极态度面向西方文明的人物是光绪皇帝，小说写了光绪与容龄之间的朦胧的情爱关系，容龄教光绪弹钢琴、学英语，甚至还有西方宫廷舞，光绪显示出更加开放和富有热情的态度。德龄和容龄二人本身就是西方文明的象征，与其说她们是古旧的东方文明的女儿，不如说是西方现代文明的使者。她们带着西方的现代观念、现代生活方式、现代审美趣味走进这个古老的皇宫，她们带来了一股清新的更富有人性的自由气息。小说从这个角度非常细致透彻地表现了近代中国接受西方文明的艰难而富有戏剧性的过程，按照徐小斌所下的资料功夫，可以信得过她叙述这个中西文明在近代中国相遇时的情景和那些动人的细节。

　　小说始终贯穿的德龄与美国医生怀特的爱情故事，这本身就是中西文明交汇冲突的深刻写照。在那些日常生活的叙述中，这段爱情故事被写得充满浪漫气质。已经相当西化的德龄，一旦面对怀特的爱情，不同文化之间的差异性依然难以抹去。但徐小斌把这份爱情写得楚楚动人，那是更为纯粹的青春期的美好爱情，在这一意义上，人性超越了民族性。

　　多少年来在文学方面的磨炼，即使是在纯文学的水准上，徐小斌的叙述才能和语言功夫无疑是上乘的。做足了材料方面的功夫之后，徐小斌可以发挥她的想象力，这是一次历史的文学化，也是文学的历史化，它造就着一种新的文学品质。流行的（或者说主流的）历史小说主要以写事件为主，大起大落描写事件主脉，刻意构造戏剧性矛盾，罗织人物正反分明的冲突等等，使当今主流的大多数中国历史小说已经模式化。另一类则是戏说，无边无际的胡编乱造。在当今的文学格局中，历史小说一直是划归在通俗读物的范畴，在文学史的叙述中，也只是专列章节加以阐述，似乎与主导文学的现实没有实际关联。徐小斌的这部"历史小说"可以看出它鲜明的文学品质，这就是纯文学与历史小说的融合。从主流文学的意义上来看，徐小斌从历史那里借来材料，展开她对近代中国历史的探究，写出这个时代的帝王将相才子佳人的悲欢离合的命运。从历史小说的角度来看，徐小斌把纯文学的那种叙述方法融合进了历史题材，她强调叙述视点，强调叙述时间的变化和对比，强调人物性格和心理描写，强调语感和工整的句式，强调神秘体验和诗性氛围的营造……所有这些，都使这部小说达到相当高的艺术水准，也摸索出纯文学与历史小说结合的崭新道路，可以说开拓了历史小说表现的空间，把历史小说提升到主流文学的高度。

当然，在艺术上，这部小说让我们再次想起《红楼梦》的传统，想起作者沟通的那种古典记忆。这倒不是说慈禧使人想起贾母，光绪身后晃着宝玉的影子，德龄容龄也可见出宝钗黛玉的姿色，小说的笔法、叙述风格和人物性格命运的刻画，都秉承了《红楼梦》的格调，应该说作者是下了功夫吃透《红楼梦》，颇得《红楼梦》神韵。一部包含着历史悲欢的作品，对一段剧烈变动的历史的呈现，能讲述得如此精致细腻，如此楚楚动人，把一个少女引入一个古老的帝国，一部历史的裂变与一段情缘的诀别，诡异而凄美，惊心动魄却悠长如歌，这就是历史与文学相遇，文字与心灵相交，心灵与诗意相合。

在《德龄公主》出版的当年，《秋瑾的东瀛之旅》这部短篇小说也发表于《山花》（2004年第7期）杂志上，对《德龄公主》的历史讲述进行了某种补充。虽然这仍是一个与德龄有关的故事，但故事的主人公换成了另一位在中国近代史上赫赫有名的女性——秋瑾。秋瑾不同于徐小斌笔下其他的女主角，她主动进入了"大历史"场域之中，并始终以一位革命者的形象出现。徐小斌擅写的情爱在这里为历史变局的激情让出了空间，秋瑾与德龄的交往在一个更大的历史层面上折射出"革命"和"改良"两大变革思想的碰撞，这不再是"女人的历史"，她们是成为了历史主体的女人。徐小斌已无须以神秘缱绻的诗情书写历史，历史本身便迸发出了浪漫的火星。

五、关于本真之美与重返童话

徐小斌的小说一直以追求唯美和神秘而引人注目，她多年前的小说《迷幻花园》《双鱼星座》等，给人以极深的印象，那是先锋小说渐渐落下帷幕的时期，徐小斌另辟蹊径，以语言的典雅唯美和对不可知的神秘探究，给纯文学注入了特有的女性气质。如果说这个时代确实有个人化写作，那么徐小斌应当是最为自然的个人化写作。

徐小斌出道甚早，20世纪80年代中期就写有《对一个精神病患者的调查》。徐小斌似乎在文坛边缘行走，保持着自己对文学的独特理解。要说世俗化或商业化，徐小斌可能最有条件，她所供职的单位，她所从事的影视剧编剧专业，不知有多少机会去赚取元宝。令人奇怪的是，徐小斌似乎与她的这份工作若即若离，她矢志不渝的是她心目中理解的文学。她对文学的那种追求，虽然不是狂热性的，但却是最为内在而最有韧性的。商业上的成功从来不能使她心里踏实，对她来说，只有文学，纯粹的文学上的自我肯定，这才是她要告慰的自我心灵。

很显然，2010年，徐小斌出版《炼狱之花》是她一贯的文学追求和人生态度的直接表现。这部小说破天荒地由人民文学出版社与长江文艺出版社联袂出版，与徐小斌过去的小说企盼形而上的神灵不同，这回徐小斌把一些海底精灵请到了俗世。过去徐小斌对于现实世界的表现，采取了神秘的超越方式，这回却是直接的揭示批判。其实近年来中国作家对现实的关切始终没有松懈，不用说那些底层写作延展的历史与阶级批判，现在有更多的作家，对现实进行精神性的思考，也就是说，他们时刻在追问：我们这个时代的人们的精神到底出了什么样的问题？范稳出版的《大地雅歌》在异域文化中探寻纯粹之爱来纠偏当代世俗功利；莫言的《蛙》通过戏剧糅合进小说的形式，反讽式地刻画当代价值的错位；有张炜的《你在高原》如此高亢的对当代现实的全方位质询；也有徐小斌这样的切入现实的某个区域，去揭开当代人的肉体与精神的困境。

《炼狱之花》讲的是影视娱乐业的故事，这方面的故事是否是徐小斌的亲历不好判断，但她有直接经验、有第一手资料这是毋庸置疑的。徐小斌当然不会满足于玩一些爆料的技法，她不过是把影视界或娱乐业作为故事表现的质料，她要探究的还是人性在这个时代的变质，人类的本真的善与美到底处于何种境况。

小说显然与《安徒生童话》的《海的女儿》有关，这个想变成人的美人鱼，如今在《炼狱之花》中是一朵海底的百合花，她也来到了人间，历经着人间一切是是非非。不幸的是，她涉足了影视业，这个看上去美妙神奇的世界，却是充满了比其他行业更为密集的尔虞我诈。一个来自海底的几乎是纯真纯美的女孩，就这样历经着人世间的卑劣与丑恶。徐小斌通过百合这个人物，几乎是把童话世界强行与当下的现实世界重叠在一起，在童话的映衬下，她来观看这个世俗的欲望横溢的现实世界。这似乎是反着写童话，不是从人世间去往童话世界，而是从童话世界来到人世间。

这部小说明显是按照童话的美学规则来构思的，好人与坏人都清晰可见，几乎所有的男人这一谱系大都是坏人和害人的妖魔，女人则是好人和受害者。男人的谱系：铜牛、老虎、金马、阿豹……女人谱系：百合、天仙子、曼陀罗、罂粟、番石榴……男人属于动物科，女人属于植物。这本身包含着徐小斌的女性主义立场。动物凶猛、贪婪、富有进攻性和侵略性；植物则属阴性，自怜自爱，孤芳自赏。但植物也有毒性植物，如曼陀罗、罂粟几种。番石榴作为植物虽然属于果树，但这里作为一个女人的名字，却包含着坚实诡异。徐小斌的命名本身就是一种童话手法，她用童话的人物、童话的思维、童话的美学来重建当下的小说，那就是纯文学与畅销文学连体的一种方式。既获得可读性，获得更为广泛的读者受众，又依然不失严肃文学具有的品性。

海百合这个人物是作者设想出的中国版的"海的女儿"，她来自海底世界，对人的世界几乎懵懂无知，她以未经文明洗礼的纯粹自然的生命状态，来到人世。显然，徐小斌是想去探究一个完全没有世俗功利的女子，在今天的现实中将会遭遇到什么样的结果。这无疑是徐小斌设计的叙述策略，海百合天真无邪，她如一面镜子，映衬出一切现实的欲望。而她的善良天真也表达了徐小斌对当代人性异化的深刻批判。与她相对的那些人，在进行动物化命名的同时，也显现了他们的性格特征：铜牛如牛一样憨傻，却是内心虚弱；老虎也是只纸老虎；金马就更是非驴非马；阿豹也徒有其名，只是在罂粟的股掌之中。徐小斌的动物化命名，充满了对男性动物化的戏谑，这与百合所代表的非人类的本真之美的世界构成了鲜明对照。但在小说的叙述中，海百合就是只如镜子一般安详地放在那里，无须什么正面冲突，所有冲突，只是人类的这些男性动物不自觉地露出的蠢态。

天仙子也是作者寄寓的一个理想化的人物，作为一个追求纯粹文学的作家，天仙子与这个现实世界格格不入，最终只能遭遇到冷落和凄凉。天仙子的女儿曼陀罗却是怪戾狠毒，她的脸上长了一朵曼陀罗花——那或许是炼狱之花吧，她却要割下百合哥哥脚心的曼陀罗花。如此这般的故事，离奇得也只有在童话世界里才能被理解。天仙子对女儿失望，对人世间也失望至极，小说借天仙子之口，对现实世界的人欲与权力的横行给予猛烈抨击——她看透了人类世界的本质。

徐小斌在这部小说中，毋宁说是唱了一曲本真之美的挽歌。"海的女儿"几乎是她那一代人在动荡年代里接受的纯美幻想，徐小斌过了如斯年月，却要还此宿愿，她只好让她的"海的女儿"来到当今的现实，来到她所熟悉的娱乐世界。其实徐小斌作为一个叙述人，也充当了小说中的一个角色。那是她始终在场的叙述，由此表征了20世纪50年代人的美学记忆——如此纯粹，如此本真，奇怪地存在于那个政治极度强大的年代之外，而有一种一尘不染的古典之美，甚至延续至今，在今天被重新唤醒，来到如此解放张狂的时代，却徒有遗世孤立的美感。而向人们步步紧逼的是曼陀罗花般的后现代狰狞之美。与其说徐小斌解释和解决了当代道德和审美的困惑，不如说她留给我们更加不安的思考。

2018年的《入戏》是徐小斌又一部涉及影视业的力作，不同于《炼狱之花》的童话之美，徐小斌在这部中篇小说中直面了影视行业内部的潜规则。女主人公梅清风是一个以创作为业的典型的知识女性，却身处生活的烦琐与工作的阴暗的双重压抑之下，既心怀正义又无能为力，终于成为"入"不了"戏"的"失败者"。她的痛苦在于她活得太过本真，无法把生活当作一场荒诞而庸俗的戏剧。梅清风的形象延续了徐小斌对女性人物的创作传统，她是一个以自我的内部世界来对抗外部世界的人，但她更多地带有了不愿长大的孩子的天真与任性。在"影视行业潜规则"的社会化叙述之下，隐藏着一整个向纯真的"孩子"——女性——倾倒过来的"成熟"世界。不同于对梅清风的赞赏，在《无相》中，徐小斌对杰的态度更多的是嘲讽。这个故事同样具有影视行业的背景，杰是一个文化投机者，总以为自己可以完美地玩弄规则与控制人心，结果却只剩下空虚。杰曾经有过一个可能的救赎机会，那就是忠诚的女友珊妮，但她也在杰的操纵和推动下，被卷入了物欲的洪流。杰在投机与纵欲之后，又试图回归纯真女性的怀抱，而这显然已经不可能了，在社会批判的大主题下，"浪子回头"这个永恒的性别关系想象被彻底打破了。

向外张望的野心勃勃的男性和注视内部的孩子般的女性，是徐小斌小说中常见的一组性别关系。《别人》是一部专注于心理书写的笔法细腻的小说，躲藏在自我的世界里的"老姑娘"何小船神经质地在一副塔罗牌上寻找自己的命运，小心翼翼地避开爱情的伤害，却仍不免落入任远航的情感陷阱无法自拔。何小船一旦沾染上爱情便不由自主地完全奉献了自我，但她视若生命的爱情在任远航那里却要排在工作、名誉等许许多多社会性因素的后面，男女双方对爱情截然不同的态度必然导向最后的悲剧。小说的内涵不止于此，任远航对何小船的爱情始于那个颠倒错乱的激进革命年代之前保留下的孩童式的纯真，但在历史创伤和个人经验的双重扭曲之下，"本真"已经成了一个遥远的幻影，任远航可以不付出任何代价地追忆，却再也不可能为曾经的爱与真承担丝毫风险。相较于《别人》的绝望，《无执》这个同样涉及那个激进革命年代的故事则更多地留下了希望。在那个充满压抑的时期，出身不好、身体瘦弱如孩童的郑小米在周围的迫害欺压下，依靠幻想来自我拯救，并幸运地遇上了一个让她的幻觉成为现实的男人，但他们之间直到最后也没有发生实质的爱情，郑小米的"无执"让这段回忆停留在极端年代两个年轻人的友谊，也在严酷外部环境中为纯真留下了一个内在的空间。这些有关遥远的"本真"记忆的或无望或温暖的故事，都流露出徐小斌对现实的深刻不安与思虑。但她在内心深处也许还是愿意给希望留下一席之地的，这从徐小斌的新作《无调性英雄传说》中可以略窥一二。这是一部对古希腊神话的改编之作，神话和史诗中的神祇和英雄们成为了对抗压抑世界的革命者，从人类文明的古老源头之中，徐小斌重新找到了理想主义的纯真与力量。

徐小斌的写作始终在提醒着人们，文学写作的真正要义是什么，什么是一个作家理应长期坚持的本色。她也许不能完全梦想成真，但她已经梦想成精。

2019 年 3 月
改定于北大朗润园

自序 我对世界有话说

我对世界有话要说，可惜，这世上没有几位真正的聆听者。于是只好用笔说。

十七岁，我曾经试图写一个长篇，叫做《雏鹰奋翮》，写一个女孩凌小虹和一个男孩任宇的故事，写得非常投入，写了大约有将近十万字，写不下去了。多年之后我重看这篇小说，真是奇怪我当时怎么竟会有这样的耐心，写出这样密密麻麻、工工整整的蝇头小楷：出身于高级知识分子家庭的凌小虹与出身于干部家庭的任宇，有一种非常纯洁也非常特殊的感情。由于出身的不同，在那个特殊年代他们之间不可避免地发生误会。小虹的父亲被殴打致死后，她生活无着，被赶出自己的房子，到过去保姆住的地方蛰伏，却遭到保姆儿子王志义的性骚扰。性格刚烈的她在反抗中杀了王志义，只身潜逃。任宇寻找未果，痛彻心肺。后来任宇与几个好友一起囚渡红河，到越南参加抗美援越，遇到了一个酷似小虹的女子。写到这里，我不知如何往下写了，就停了笔。这沓子片叶纸，在交通大学院里的小伙伴中间传来传去。每个人见了我都会问：后来他们俩怎么样了？

多年之后《东方时空》总策划、我的好友杨东平把《雏鹰奋翮》作为"文革"中的地下作品写入了他的一本书里。

真正的写作其实是从大学时代开始的。

怪得很，也许因为那时是全民文学热，学经济的学生照样对文学爱得一塌糊涂，并且常不自觉地用一种文学品位与标准来衡量人。大学二年级，开了一门基础课叫做"汉语写作"，让大家每人写篇作文。我写的是杭州孤山放鹤亭，有关梅妻鹤子的故事，只有千余字，只是选了一个特殊的角度。（后来此文全文发表在《光明日报》上。）老师对我说："你为什么不写小说？你是个潜在的作家。"

事隔不久，汉语教研组杜黎均老师找到我，向我索要一篇小说。这位杜老师"文革"前曾做过《人民文学》的编辑。我拿了一篇四千字的习作给他，事后再不敢问起。谁知这篇习作后来竟登上了《北京文学》1981年第二期新人新作栏的头条，还配了很精美的插图。我惊喜之余又写了第二个短篇《请收下这束鲜花》，作为自然来稿投给我当时最喜爱的刊物《十月》。小说情节很简单，写一个情窦初开的小女孩爱上了一个青年医生，后来医生得了绝症，在弥留之际，小女孩冒着大雨赶去看他，那医生却早已不认识她了。完全写小女孩的内心秘密，无疑在当时的社会语境下是独特的。这篇小说后来获得了《十月》首届文学奖。记得发奖大会那天，《十月》当时的主编苏予特别向大家介绍了我——获奖作家中最年轻的一位，周围坐的都是当时的文学大家们，对我说了些鼓励的话，令我诚惶诚恐——从此，便穿上红舞鞋，再也脱不下来了。

80年代我的经历充满了戏剧性，其中之一便是与《收获》的相遇。1983年我写了生平第一个中篇《河两岸是生命之树》，那时，对外开放的大门刚刚开了一道缝，正因如此，门外的景色看起来如此新鲜。我被一种写作的激情啮咬住，它使我整天处于一种癫狂状态，我每天都和小说人物生活在一起，忘了我属于他们还是他们属于我，写到动情处，趴在桌上大哭一场，此小说应当是我情感最投入的一部，三十多年后的今天，依然有读者在问："这本书在哪里有卖？"

《河两岸是生命之树》是《圣经》中的一句话，全句为"河两岸均有生命之树，所结果实十有二种，月月结果，其叶可治万邦之疾"。——在一个伤痕、寻根的年代引用《圣经》的话，也算是比较特别了。

在宗璞的鼓励下，我把此小说作为自然来稿寄给了《收获》，竟然在一周之内就得到了请我去上海改稿的电报。最有趣的是当时的《收获》编辑郭卓老师手持《收获》为接头暗号在车站接我，上了编辑部的木楼梯她就边走边喊："接来了，是女的！"——后来她告诉我因为我的名字编辑部产生了歧义。后来就是李小林老师把我约到武康路她家里谈小说。当时小林老师对小说人物关系的分析深深打动了我——一个无名作者竟得到如此认真的对待，固执如我，也不能不彻底折服。那一天的大事是见到了巴金。当时巴老从一个房间慢慢走向另一个房间，我看着他和蔼的笑容，尽管内心充满崇仰，却说不出一句话来，甚至连一句通常的问候也说不出来——不知为什么那时我觉得凡心里的话表达出来就会变味儿——我的心理年龄始终缺乏一个成长期，人情事故方面基本是白纸一张。

此中篇发在了1983年第五期《收获》的头条，并选入了《收获》丛书，那是我出版的第一本书。

收到了很多读者来信。许多人为它一掬感动之泪，许多人把自己的经历细细地告诉我，甚至是秘密和隐私。我相信巴尔扎克那句话了："只有出自内心的，才能真正进入内心。"

1985年发表《对一个精神病患者的调查》。那时常有些古怪的念头缠绕着我——我常常惊诧于人类的甲胄或曰保护色。人类把自己包裹得那么严，以致许许多多的人活了一生，并没有露出自己的本来面目。渐渐地，连本来面目也忘却了。甲胄与人合为一体，这不能不说是一种悲哀。在适者生存的前提下，任何物种都要学会保护自己，或曰：学会伪装和自欺。在某种意义上，人类为自己涂上的保护色有如鮟鱇鱼的花纹或杜鹃的腹语术。

人要做自身的真正主人谈何容易？！

然而，总有些人要反其道而行之，我笔下的女孩景焕便不愿认同那条既定的轨迹，她拼命想挣脱，她想获得常轨之外的尝试，挣脱的结果是落入冰河。——然而上天给了她补偿。就在她堕入了冰河的瞬间，她看见了弧光——那象征全部生命意义的美丽和辉煌。

人类的创造力产生于痛苦和偏差的刹那。那是另一种人生。

而大多数人则被一种无形的力量牢牢束缚着，周而复始地在一条既定的轨迹上兜圈子，很安全，但无趣，且无意义。

智利有位学者曾说："落后和不发达不仅仅是一堆能勾勒出社会经济图画的统计指数，也是一种心理状态。"这句话说得很深刻。

《对一个精神病患者的调查》改编成电影《弧光》，是我生平第一次与电影界合作。现在想起，在当时拍这样的电影，也是需要相当的勇气的。

打我很小的时候就有些奇思异想：走进水果店我会想起夏娃的苹果，想起那株挂满了苹果的智慧之树，想起首先吞吃禁果的是女人而不是男人；徜徉在月夜的海滩，我会想象有一个手持星形水晶的马头鱼尾怪兽正在大海里慢慢升起；走进博物馆，我会突然感到那所有的雕像都一下子变得透明，像蜡烛一样在一座空荡荡的石头房子里燃烧……"宇宙的竖琴弹出牛顿数字，无法理解的回旋星体把我们搞昏，由于我们欲望的想象的湖水，塞壬的歌声才使我们头晕"（[美]，威尔伯）。我想，早期支撑我创作的正是我对于缪斯的迷恋和这种神秘的的晕眩。

1987年写第一部长篇《海火》，过了两年才出版。二十年后再版，沈浩波说，这小说一点没过时啊。可是在当时，确实是被忽略的。

我写："历史，就是因照了太多人的面孔而发疯的一面镜子。"我写了当时的历史：改革开放的背景下年轻人的生活。一个美丽的女孩，同时却又妖冶、阴毒、险恶，一个不美的女孩，同时却又纯洁、善良、天真；然而，小说却违反了一贯的"中国式道德判定"。"恶"由于它的真实而具有一种魅力；而善良、天真等等这些字眼却显得苍白无力、令人怀疑。起码，这些字眼是无法独立生存的，也正因如此，美丽与不美的女孩正好构成了一个人的两种形态：外显与内隐，显性行为与潜在本性——所以，在小说最后的女主人公所做的梦中，两个女孩裸身在大海中相遇，不美的女孩问：你到底是谁？美丽的女孩回答：我是你的幻影，是从你心灵铁窗里越狱潜逃的囚徒。

20世纪整个90年代我对写作的热情近于疯狂。一口气写了很多的小说。

譬如很多人说看不懂的《迷幻花园》：许多年前的一个中午，两个女孩在苏联专家设计的平房前聊天。一个女孩掏出三张纸牌问另一个女孩，从此她们的命运就被决定了。那三张不同颜色的纸牌分别代表生命、青春和灵魂。

这听起来似乎十分荒诞，但却有着一种令人心悸的真实。人生并非希腊神话里的两头蛇可以向任一方向前进，有取必有舍，重要的是：你到底要什么？

《银盾》《黑瀑》《蓝毗尼城》与《密钥的故事》都深藏着隐喻，在本文集《迷幻花园》卷中我有详细的讲述，有兴趣的朋友可以看看。

《末日的阳光》其实是个很重要的篇什，然而可能正如某个朋友所说，此篇应当二十年后再发表。它写了一个小女孩在"文革"初期，被一种猩红色的死亡气息裹挟的另类故事，它的亦真亦幻太生不逢时了，但它始终是我最心爱的小说之一。

写《双鱼星座》的时候，我内心的痛苦已经到了崩溃的边缘。在一篇创作谈里我写道："……父权制强加给女性的被动品格由女性自身得以发展，……除非将来有一天，创世纪的神话被彻底推翻，女性或许会完成父权制选择的某种颠覆。正如弗洛伦斯·南丁格尔胆大包天的预言：下一个基督也许将是一个女性。"

这篇创作谈当时被一些批评家认为是中国女性主义写作的一个宣言。《双鱼星座》获得了首届鲁迅文学奖。

《羽蛇》成为90年代末我的最后一部长篇。

写《羽蛇》这样一部小说的想法，从很早就开始了。——一个深爱母亲的孩子被母亲抛弃了，来自母亲的伤害毁了她的一生。——所有的孩子被母亲抛弃的结果，是伴随恐惧流浪终生。

但是我们终于懂得，每一个现代人都是终生的流浪者。现代人没有理想没有民族没有国籍，如同脱离了翅膀的羽毛，不是飞翔，而是飘零，因为它的命运，掌握在风的手中。我们懂得了这个道理，但是付出了比生命还要沉重的代价。

我们是不幸的：生长在一个修剪得同样高矮的苗圃里，无法成为独异的亭亭玉立的花朵；为了保证整齐划一，那些生得独异的花朵，都注定要被连根拔去，尽管那根茎上沾满了鲜血，令人心痛。有幸保留下来的，也早已被改良成了别样的品种，那高贵的色彩在被污染了的空气侵蚀下，注定变得平庸；

我们又是幸运的：在当今的世界上，还有哪一国的同龄人可以有我们这样丰富的经历？童年时我们没有快乐，少年时我们没有启蒙，青年时我们没有爱情，中年时我们没有精神，老年时我们没有归宿——另一个世界的宠儿们闻所未闻的什么大字报、批斗会、通辑令……都曾经走马灯似地从我们年轻的眼前飞驰而过，那真是神话般的叙事，那一切都是发生了的，尽管中华民族有着著名的健忘机制，但是那一切却深深地镌刻在那个女孩以及许多同代人的记忆之中。

于是，在世纪末的黄昏，我找出一张仿旧纸，在上面记下听到、看到和经历过的一切，立此存照。

死去了的，永不会复活。我们也不希望他复活，还魂之鬼永远是丑恶的。

但我们还是忘了，从所罗门的胆瓶里飞出来的魔鬼再也飞不回去了。我们把它禁锢了许多年，每禁锢一分钟，它的邪恶就会十倍百倍地增长。它的邪恶浸润在这片土地上。它毒化了这片土地。它充分展示了另一种血缘中的杀伤力与亲和力，那是土地与人的血缘关系。于是，在我们这个有了高速路、网络对话与电子游戏的时代，形而上的、精神的、灵魂的土壤却越来越贫瘠了。

而羽蛇象征着一种精神。一种支撑着人类从远古走向今天，却渐渐被遗忘了的精神。太阳神鸟与太阳神树构成远古羽蛇的意象。在古太平洋的文化传说中，羽蛇为人类取火，投身火中，粉身碎骨，化为星辰。羽蛇与太阳神鸟金乌、太阳神树若木，以及火神烛龙的关系，构成了她的一生。一生都在渴望母爱的羽丧失了其他两种可能性。那是融化在一起的真爱与真恨，自我相关自我复制的母与女，在末日审判中，是美丽而有毒的祭品。

所以我在题记中写：世界失去了它的灵魂，我失去了我的性。

我写《羽蛇》，是在极端崩溃的状态下进行的，我不是不会哭的孩子，只是我的哭声无人听见。

《羽蛇》飞出去了，她被位于纽约的西蒙舒斯特出版公司签了，预付八万美元，我的代理人说：你高兴一下吧，你的预付比张爱玲还高两万美元呢。

《羽蛇》和五卷本文集出版后，我一直想写一个完全不同的东西。后在一个类似"清宫秘闻"之类的小册子上，发现了德龄姐妹的一段轶事，上面写了她们曾经是现代舞蹈之母伊莎贝拉·邓肯甘愿不收学费的入室弟子。顿时兴趣大增。

读了整整一年史料，一百多本，资料来源主要三部分，一是北图；二是故宫的朋友帮助搜集；三是各个书店，特别是故宫、颐和园等地的书店。在读史料的过程中我发现，有很多历史人物历史场景的描写在历史教科书中是有问题的。譬如对光绪、隆裕、李莲英、对庚子年、对八国联军入侵始末、对慈禧太后当时的孤注一掷、对光绪在中日甲午战争中的勇敢表现和之后的奋发图强，对隆裕和李莲英的定位等等，都有很大出入。

历史背景是大清帝国如残阳夕照般无可挽回地没落，本身就是一个大悲剧，而在前台表演的历史人物包括慈禧、光绪、隆裕等都无一不是悲剧人物，在大悲剧的背景下的一种轻松有趣愉悦甚至带有某种喜剧色彩的故事，这种故事与背景之间的反差本身就具有巨大的张力。

这部小说一不留神很畅销，很多人说："这部小说有阅读快感。"

更多人对我失望，他们原本是希望我写《羽蛇》那种风格的小说。

但我写什么，不是任何人可以左右的。人的成长过程便是一个祛魅的过程。我写了《炼狱之花》，讥讽了黑恶势力，还拿了一个加拿大的奖。

是的我终于不再自我折磨，我真的长大了，变老了。

然后我写了《天鹅》，写了真爱。在这个几乎没有真爱的时代写真爱，无疑是痛苦和困难的。在新书首发式上，评论家施战军说：《天鹅》是当代非常需要的题材，但也是作家几乎无法驾驭的题材，深以为然。

　　其实对于这部小说的最大难点来说，并不在于音乐元素与"非典"场景的还原，而在于写拜金主义时代的爱情，实在是难乎其难，稍微一不留神，就会假，或者矫情。何况，我写的还是年龄、社会文化等背景相距甚大的一对男女。

　　《天鹅》说是写了七年，其实断断续续都不止。

　　之所以写了这么久，简单地说只有一个原因，那就是：写的是爱情小说，可写了半截不相信爱情了——我是个不会做伪之人，对于已经不相信的东西我不知道如何才能继续。

　　突然有一天，我重听圣-桑的《天鹅》，如同一个已经习惯于浊世之音的人猛然听见神界的声音——有一种获救的感觉。这时，来自身体内部一个微弱的声音突然响起："写作，不就是栖身于地狱却梦想着天国的一个行当吗？"难道不能在精神的炼狱中创造一个神界吗？不管它是否符合市场的需要，但它至少会符合人类精神的需要。

　　就这样，经历了四年的瓶颈几乎被废弃的稿子重新被赋予了活力。但是我沮丧地发现，除了极少的一部分文字外，大多数都需要重新来过——因为整部小说都涉及了音乐，还不是一般的涉及，是主脉络都与高深的古典音乐有关——故事的层层递进是伴随着一个手机里的几个乐句如何变成小品变成独奏曲变成赋格曲最后成为一部华彩歌剧来实现的。于是只好报班听课。——在2011年的炎夏，我永远穿着同一套灰色夏布袍子往返于课堂与家之间，与那些下了课还不断问问题的人们相反，每次刚刚下课我便神秘消失。以至于培训班结束时一个穿着时尚的女子告诉我，他们给我起了一个外号叫"小幽灵"。

　　我十分务实地想：我才不想去追究那么高深的古典音乐呢，小说里够使足矣。然而，写起来却远不如我想象的那么简单，为了怕露怯，我再度展开了自虐苦旅，沉迷其中，竟几度被我的男女主人公虐得潸然泪下。

《天鹅》尝试了一种"仿真"式的写法。我弃绝了惯用的华丽句式尽量让她素朴自然。恰恰2000年前后我有一次"走新疆"的经历，于是把故事的发生地设置在那里。为了完成小说，我又前后两次去新疆，成本巨大。本来我以为，这样的写作会比之前容易得多，但是进入叙事语境后才明白，原来难度如此之大，我又把自己逼向了绝境。

在《天鹅》扉页我写了，爱情是人类一息尚存的神性。很多人一生是没有爱过的，而且他根本不懂得什么是爱，甚至没有爱的能力，真爱不是所有人都有幸遇见的。正如一位哲学家所言，真爱能在一个人身上发生，至少要具备四条，一是玄心；二是洞见；三是妙赏；四是深情。只有同时具备这四种品质的人，才配享有真爱。

玄心指的是人不可有太多的得失心，有太多得失心的人无法深爱；洞见指的是在爱情中不要那些特别明晰的逻辑推理，爱需要一种直觉和睿智；妙赏指的是爱情那种绝妙之处不可言说，所谓妙不可言就是这个，凡是能用语言描述的就没有那种高妙的境界了；第四个就是深情，深情是最难的，因为古人说情深不寿，你得有那个情感能量才能去爱。深情被当代很多人抛弃了。几乎所有微博微信里的段子都在不断互相告诫：千万别上当啊，在爱情里谁动了真情谁就输了等等，这都是一种世俗意义上的算计，与真爱毫无关系。

我历来不愿重复，可是有关爱，不就是那么几种结局吗？难道就没有一种办法摆脱爱与死的老套吗？如果简单写一个爱情故事，那即使写出花儿来，又有什么意义呢？——这是我面临的又一个难题。终于我找到了一个不一样的思路：物质不灭，但是可以转换形态，所谓生死，堪破之后，无非就是形态物种之转换——所以我设计了一个情节——男主角的遗体始终没有找到。而在女主角按照男主角心愿完成歌剧后，在暮色苍茫之中来到他们相识的湖畔，看到他们相识之初的天鹅——于是她明白了自己该怎么办——她绝非赴死，而是走向了西域巫师所喻示的超越爱情的"大欢喜"——所谓大欢喜，首先是大自在，他们不过是由于爱的记忆转世再生而已，这比那些所谓爱与死的老套有趣多了。

我喜欢那种大灾难之下的人性美。无论是《冰海沉船》还是《泰坦尼克号》都曾令我泪奔。尤其当大限来时乐队还在沉着地拉着小提琴，绅士们让妇孺们先上船，恋人们把一叶方舟留给对方而自己葬身大海，那种高贵与美都让我心潮起伏无法自已。而这部小说最不一样的是关于生死与情感，是用了一种现代性来诠释了一部超越爱情的释爱之书。

2016年4月我参加伦敦书展，是因为获得了2015年度英国笔会翻译文学奖。获奖小说叫做《水晶婚》(中文版曾经刊于《天南》)，写一个平凡女子从结婚到离婚的十五年，折射出中国这十五年天翻地覆的变化。

按照西方批评家的分类，这部小说是绝对的女性主义写作。我写了我们所经历的两个时代：铁姑娘时代和小女人时代。

我们小时候听得最多的就是"妇女能顶半边天"，实际上是要在干体力活上做到男女平等，女孩要与男子干一样重的活，那是个崇尚"铁姑娘"的年代，我们这些当时尚在花季的女孩，哪个不是"谈美色变"？我曾经去过的北大荒，麦收季节，无论男女，都要扛着二百斤重的麦包上跳板——试想一个尚未发育成熟的十五六岁的女孩子扛着二百斤的重物，还要走独木桥式的三米长四十五度的跳板，然后把麦包卸进粮囤里，今天想起来是不是很可怕？！有很多女孩因此得了终身的疾病，也有很多女孩尽全力也无法完成，譬如我，被安排去背一百斤的"尿素"，这是很受照顾了，但即使这样，我也几乎被压得吐血。夏锄季节的口号更为荒唐：叫做"活着就要拼命干，死了埋在黑龙江畔"，人命是不值钱的，领导在动员大会上说，每人每天包一根垄，干不完，哭也得给我哭出来！要知道，黑龙江土地的"一根垄"，是整整十四里啊！那时我还只有十六岁，且患着严重的痢疾，中午老牛车送饭只能往人最集中的地方送，这就意味着我这个落后者永远吃不上中午饭，在那样可怕的劳动强度下生着病并且一口饭都吃不上，喝水都要把前面的水缸放倒，像小狗一样地钻进去，才能喝上一口已经见了底的满嘴泥沙的水。岂止如此，我们在特大涝灾中从齐膝深的水里捞麦子，在11月的寒冬从冰河里捞麻，即使来月经也绝不能请假，三十八个女孩睡在两张大通铺上，在零下五十二摄氏度的寒冬没有煤烧，为了活下去，我们去雪地里扒豆秸烧，喝尿盆里的剩水，——我至今吃惊自己是怎么活下来的，惟一的解释就是青春的力量吧？除此之外真的无法解释。

"铁姑娘"的时代终于过去了，但事情并没有因此变好，在今天，是一个地道的"小女人"时代，智商高不高无所谓，最重要的是要"情商"高，而中国式的情商指的是什么呢？就是指女人要懂得如何取悦男人，取悦上司。绝不能动真情，谁动真情谁就是输家。这类人不少，甚至有一批所谓精英女性都是如此。觉得自己很有生活智慧，譬如她们认为在情感中运用手段获取男性青睐，然后让自己在与男人的关系上掌握主控地位并从而获得更多的金钱财富是一件特牛的事。这种人被万千女生羡慕，被认为是高情商。

然而在我看来，这是一种严重的女性自我贬低和丧失尊严。甚至比铁姑娘时代更糟。

我笔下的女主人公杨天衣，无疑是个"低情商"的姑娘，她在这个金钱至上的社会，依然保留了自己完整的天性，这个在少年时代就深受中外爱情作品影响的女子，嫁给了一个与她的价值观截然相悖的人，但她并没有服从命运的安排，她的内心一直顽强地爱着她所爱的，她无法改变她的爱情观。他们的婚姻维持了十五年，十五年的婚姻叫做水晶婚。

20世纪中期之后，在政治需要与纯文学越来越壁垒分明的时候，人的壁垒也越来越分明了。写《羽蛇》的时候我还年轻，因此内心的疼痛也就格外尖锐，这种疼痛带着我对自己祖国的爱、悲伤与无力回天的痛心，也有着我个人的令人承受锥心之痛的情感。而《水晶婚》，是一个朴实的记录，无泪之痛，甚至比有泪的痛更加深邃，更加难以治愈。

本套文集中最新的一部小说，是发表在《作家》2019年第一期的《无调性英雄传说》。这部小说的电子版，我给一些朋友看过，他们的第一反应都是吓了一跳——原来小说还可以这样写？！之所以这样写，是因为近年不断地往返于中国和加拿大之间，与各个领域的朋友不断交流，深感时代已经进入了一个算法的时代，AI和量子纠缠已经进入了我们这个时代，无法回避，而文学也应当像上一次物理学引起的革命那样，有所反应。我的副标题是：《关于希腊男神与科学神兽的故事，以及对荷马史诗的改写》——我的朋友说，这部小说的形式不敢说是绝后，起码是空前的，至今为止，没有人这样写小说。

我深知我的创新是危险的。象征主义画家雷东曾经说过这样一段话："艺术家是一场灾难。在现实世界里他别想期待任何东西。他赤裸地来到这世上，没有母亲为他准备褓褓。不论年纪大小，只要他敢向公众展示出他那独特的艺术之花，他就会立刻遭到所有人的唾弃。所以，要做个艺术家，你就得准备好甘于寂寞，有时甚至是与世隔绝。"

我以为，所有真正的作家、艺术家都逃不掉这个诅咒。

但是没什么了不起的。历史就是一个怪圈，一切都可以触底反弹。何况，在量子缠绕的今天，就更不必惧怕那些长袖善舞的投机者、娱乐致死的堕落者以及暗流涌动的黑恶势力，要知道，他们以出卖灵魂换取的利益、在八面玲珑中编造的春风化雨不过是一堆垃圾，他们貌似成为赢家的人生，在历史的长河中不过是个零，甚至负数。

选择什么样的写作，是我的血液决定的，一切都无法改变，直到蜡炬成灰，我也别无选择。

我写作，因为我对世界有话要说。

目 录

弧 光

根据徐小斌中篇小说《对一个精神病患者的调查》改编电影剧本

本片于 1989 年获第十六届莫斯科电影节特别奖

人物表

景　幻　24 岁　"精神病患者"（某工厂出纳）

柳　楷　29 岁　某大学心理系学生（后留校任教）

谢　霓　26 岁　某大学心理系学生（后在某医院当大夫）

谢　虹　26 岁　某音乐学院钢琴系学生（谢霓的胞姐）

文　波　54 岁　某歌舞团作曲家（谢霓的母亲）

谢自宁　60 岁　市政协委员（谢霓的父亲）

夏宗华　32 岁　某电影制片厂副导演（原景幻的男朋友）

景宏存　60 岁　某物理研究所研究员（景幻的父亲）

景　致　21 岁　待业青年（景幻的弟弟）

景　母　56 岁　家庭妇女（景幻的母亲）

（养花老者、郑大夫、护士长、护士、小保姆、柳父、柳母、柳弟、日本女客甲乙、景宏存同事甲乙、幼儿园阿姨等群众演员）

1. 冰湖　冬　外　夜

结冰的小湖边，雕像般地坐着两个人。

溶溶的月光，蓝幽幽的冰面。

冰刀在草丛中闪着寒光。

景幻脸色惨淡、青白。几缕散乱的柔发在寒风中轻飘。她凝视着冰面。

柳楷迷离困惑的目光预感到什么。他侧耳倾听着……

划破空气的奇怪声音既尖利又悠长、深远，那声音渐强又渐弱地反复着，一次比一次更近了……

柳楷不安地四下张望。

冰面上空无一人。

景幻缩在臃肿的旧棉袄里的身子动了动，带着深深的梦幻色彩：就是这样的，和我梦里一模一样。

柳楷惊得颤栗了一下，向景幻望去。

景幻仍沉浸在幻想中，对那刺耳的声音没有任何反应。

柳楷奇怪地皱了皱眉，用手掌猛吸了几下耳朵。

刺耳的声音渐渐弱了……

月亮悄悄地潜入了灰黑色的云层，广袤的天空时明时暗，神秘的光影在幽暗的湖上晃动。

灌木丛在风中飒飒作响。

景幻：就是这样一个无星无月的夜，周围就是这样低矮的灌木丛，风轻轻地吹，灌木丛飒飒地响。远方漆黑的夜里有一片隐隐的光斑，不停地闪烁着，我一个人来到这儿，是的，只有我一个人……

景幻的瞳仁里映出无星无月的夜，蓝幽幽的冰面，天空中闪烁着若明若暗的光。一个少女忽忽悠悠地在冰上滑行的剪影……

景幻的画外音：我从来没有滑过冰，可不知怎么回事儿，旋转了几下之后，居然很轻松自如地滑起来。这是一个朦胧的世界，在这儿你会忘记一切，感觉到一种身心放松之后的自由……

冰上少女的主观视点：

飞速闪过的冰面、灌木丛，轻飘飘的失重感，钻出云层的月亮……

景幻画外音继续：就像要飞起来似的。月亮渐渐亮起来，周围静得连我自己的呼吸声都特别刺耳，突然——

代替少女眼睛的摄影机猛然刹住停下。

冰面上隐隐有个大字，因为角度低看不出是什么字。

现实中的景幻声调变得恐惧起来：我发现冰面上有个字——哦，是的，那湖面上有字。

柳楷毛骨悚然地注视着冰面。

冰面上的月光溶溶，空无一物。

柳楷力图从景幻描绘的图画里挣脱出来，他使劲地眨了几下眼睛……

景幻：那是一个大大的"8"字，这"8"字在蓝幽幽的冰面上银光闪闪。

代替少女眼睛的摄影机，被一种强力引着滑行在"8"字轨迹上。她奋力挣脱，但无济于事，她停下俯身看向冰面。

这是一条既清晰，又无槽的无形划痕。

一只纤手在摸着那划痕。

一双冰刀向划痕外滑去，但像有磁铁吸着一样，总是被吸了回来。

远处传来冰刀和冰面的摩擦声，代替少女眼睛的摄影机，缓缓向身后冰面望着。

冰面上空无一人。但那摩擦声却越来越近了，一阵阵呼啸而过的金属和冰面的摩擦声，一簇簇溅起的冰沫，沿着"8"字往复。渐渐地，声音和冰沫的冲击力越来越大，形成"和声"，那无人的冰面被轧得嚓嚓作响……

摄影机从景幻的瞳仁里拉出成全景。

景幻：这是一块被施了魔法的冰面，我的双脚被一种无形的引力，牢牢钉死在这轨迹上，无论怎样用力也无法挣脱，可我不甘心。"

柳楷动了动僵直的身体，尽量缓和这过于紧张的气氛：想象力很丰富，故事讲得也很动人，可是……

景幻伸出一个指头按在嘴巴上，眼里充满了恐怖的光：嘘……

柳楷扭头望去，声音有些发抖：怎……怎么了？

没有回答，一切都僵住了，连风也停了。

景幻：你看那冰上——

柳楷猛地转向冰面，他惊得半张着嘴，怎么也合不上。

那平展展、幽蓝蓝的冰面上，清清晰晰的有着一个硕大无朋的"8"字。

那刺耳的怪声又响了起来。

景幻似乎在冰面上看到了什么，指手画脚地：那儿，就在那儿，我刚滑离了轨迹，冰面就"咔嚓"一声裂开了。我最后看到的是——天空中的光斑突然爆发出最明亮的……

天空中，那神秘的光斑突然像闪电一样照亮了湖面，照亮了柳楷目瞪口呆的脸和把头俯在蜷缩的膝上的景幻那弱小的身影。音乐起。

"弧光"的片头字幕从天际中渐显。

在各种颜色的衬底上出演员表。

柳楷的画外音：那时候，她常常给我讲起这个梦，当时我认为这很荒唐。然而许多年过去之后，我懂了。这一切不正是从这"荒唐"中开始的么！

突然画面全黑了。把"荒唐"和现实截然分开。

2. 谢霓家门口 夏 晨 外

这是一个独门小院。

柳楷佩戴着大学校徽，背着一个旧军用挎包，走至门前。他略略喘了口气，抬头看着朱漆大门上的门牌。

"谢宅"二字写得十分工整。

柳楷伸手按响了门铃。

小保姆将柳楷领进大门。

3. 谢霓家庭院　夏　晨　外

庭院里优雅别致，竹篱笆上爬满了金银花。靠墙的地方栽着几株凤尾竹，窗台上齐刷刷地摆着一排紫砂陶小花盆，各色鲜花在初升的阳光下格外夺目。倚窗台的一根较粗壮的葡萄藤上，挂着一个相当精美的鸟笼，里面两只画眉在跳来跳去地啄食。

柳楷很不习惯。他小心翼翼地四下张望。但很快又做出目无旁顾的样子，迈大步向前走去。

4. 谢霓家客厅　夏　晨　内

陈设考究，富丽高雅的客厅。

暗栗色腰果漆的桃花心木家具。

厚厚的暖调的俄式地毯。

同一色调的花瓶、茶具。

绣着飞天图案的壁毯。

根雕式的盆景。

水晶石的金鱼缸。

柳楷猝不及防一只脏脚踩在地毯上，他想退出去，又觉不妥，尴尬万状。

服饰优雅的文波很和气地向柳楷笑笑：没关系的……快给客人拿拖鞋。她向门口的小保姆吩咐着。

柳楷慌忙地换着鞋，刚才的自信被局促所代替。

谢霓抱着个饼干筒走出，她嘴角挂着讥讽的微笑：哟，大班长光临寒舍……拿什么招待你呢？她"哗啦"一下把各种糖果倒在茶几上：阁下随便吧！不过我可以推荐一下。这种饼干不错，柠檬味，我半小时吃一听……小玲，拿吸尘器把地毯打扫一下。

柳楷有些不快，他努力显得泰然：我今天代表全班同学请……请你出山，听说在原单位你是团支部文体委员……

谢霓嚼着饼干，好像早有预料：是为"五四"吧，差几天了才来找我，砸了锅就是谢某无能，这事儿干不得！她瞟了柳楷一眼。

柳楷有些冲动：给点面子吧！虽说不为那破奖，可咱们班要是剃了秃子……我这班长不好看，大家这面子也……

谢霓诡谲一笑打断了柳楷：别那么激动，阁下的驾还是要救的，我这个人讲实惠，事成之后，拿什么谢我？

柳楷怔了一下，试探地：请你吃一顿怎么样？……当然，如果你不拒绝的话。

谢霓大笑：干吗还要找补一句？这顿饭我算敲定了！明天排练。我坚信，用优质蛋白武装起来的心理系，艺术禀赋绝不会差。

5. 某大学礼堂　夏　夜　内
"五四"青年文艺晚会的横标。

台上，谢霓热情而娴熟地指挥唱《五月的鲜花》。

台下，热烈的掌声。

校领导在颁发奖品。

谢霓抱着奖品频频向台下致意。她光彩照人，充满了青春的活力。

柳楷冲动地双手握拳，感受着成功的喜悦，他向谢霓投去爱慕的目光。

6. 某饭店雅座　夏　夜　内
浅橘色的窗帘和灯光，温馨的暖调子。

柳楷有些拘谨，他尽量显得深沉，很少动筷子，更多的是在欣赏谢霓。

谢霓吃得很老练，她悠然自得，有条不紊地品尝着满桌的菜。

柳楷有些做作：是啊，再也没有比一顿美味佳肴更让我们的美食家满意的了。

谢霓顽皮地一笑：吃，也是生活。我国的烹调艺术是整个东方文明的一面镜子。从这个意义上来说，不会吃，就不懂文明。

柳楷揶揄地：就是，你在全校最闻名，没有人不知道你最讲吃，这还不够"闻名"？

两人对视而笑。

7. 精神病院前厅　夏　日　内

学生们聚集在前厅里。

一位教师：先介绍一下，这位是郑大夫。

郑大夫谦和地向学生们点点头。

教师：郑大夫是全国著名的病理心理学专家，是他首创了心理咨询门诊……

郑大夫：是在国内。

教师：对，对！我们这次毕业实习一定要遵守医院的各项规章制度，不要脱离集体单独行动，不要干预和妨碍医院的工作，有事可以找郑大夫……

柳楷对谢霓耳语：听到了吧，你那雄心勃勃的计划要落空。

谢霓不知在想什么。

8. 女病房　夏　日　内

病房里光线暗淡，墙壁斑驳。

病人们机械地手捧一样的粗瓷碗，神态各异。

碗里是灰糊糊的稀饭和很粗的咸菜。

郑大夫领学生们走进病房。

病人们丝毫没有反应，漠然而安静地吃饭，"嘎吱，嘎吱"嚼咸菜声响成一片。

郑大夫干练地：二床，躁狂抑郁症，部队来的。六床，强迫性精神分裂症，教师……

柳楷用笔记着：郑大夫，他们的姓名？

郑大夫歉意地笑笑：对不起，职业习惯。噢二床——王守义。六床——乔……德轩。

谢霓左顾右盼地在搜寻着什么。

一个年轻女病人拦住柳楷，不断向他飞来挑逗的眼神。

柳楷不知如何是好，情不自禁地看向谢霓。

谢霓向柳楷投来一个意味深长而又诡谲的微笑。

郑大夫劝回病人：青春妄想型。现在这种类型的病人不少。同学们，你们可以找病人聊聊……

学生们散开去。

吃完饭的病人开始活跃起来。有的喃喃自语，有的在房中转来转去，有的冲来人"嘻嘻"傻笑。

谢霓的目光落在墙角一个背对着大家的少女身上。

郑大夫跟谢霓向少女走去：十三床是个重病号，噢对了，她叫景幻。街道工厂的出纳，被害妄想型……

谢霓自语：景幻，这个名字好怪？

郑大夫：风景的景，幻想的幻。

病床上，景幻缩成很小的一团儿，肥大的病衣遮蔽了她的形体。

郑大夫凑上去用十分温柔的声音：景幻，你别怕。这些都是来我们医院实习的大夫，他们想和你谈谈，可以吗？

景幻抬起头来。这是一张很小的鹅蛋形脸。稀而黄的头发梳成一根蓬松的辫子。眼睛、嘴，生动富于表情，有种特殊的韵味儿，显得楚楚动人，她目光温驯，看不出有什么不正常。

谢霓的目光迸出了光彩，她抬头向柳楷示意。

柳楷不情愿地走了过来。

谢霓热情地：你叫景幻。是《红楼梦》里警幻仙姑么？这名字多好听呀！

景幻漠然无语。

谢霓转向郑大夫：我可以去病室查病历么？

郑大夫皱着眉摇摇头：你需要知道什么，来问我。

谢霓看看景幻，又意味深长地看了柳楷一眼，低声地：晚上到我家来，有事儿！

9. 谢霓房间　夏　夜　内

房间里摆着许多女孩子喜欢的小玩意儿。

一对亲嘴的小瓷孩在柳楷手中玩赏着：跟你在一起，永远也不会乏味，总是新鲜而又神秘。一不小心那瓷孩掉在地毯上。

谢霓赶忙拾起嗔怪地看了柳楷一眼：你觉得那女孩儿怎么样？

柳楷莫名其妙地：什么女孩儿？

谢霓：第一眼，我就觉得她与众不同，说不出来，反正……我要是个男人，就一定会爱上她。

柳楷明白了谢霓所指：没那么绝对吧，男人的感觉和你可不一样。

谢霓把笔记本递给柳楷：这是我的调查和诊断……她不是精神病患者。

柳楷抬起头，瞠目结舌地望着谢霓。

谢霓十分肯定地：她不过是个被扭曲的正常人罢了。

柳楷连连摇头：女人的通病就是太相信直觉。入院要检查的，医院绝不会把一般的心理功能紊乱当作器质性病变……

谢霓一扬眉毛：因循守旧，男人的通病，你看这些……她抽出几张纸：你听着，……一般表现：意识清醒，定向力完整，接触被动，对医疗、护理等合作不够……

柳楷不感兴趣地翻桌上的书。

谢霓：你别不上心，有你的活儿。（她加快了速度）患者坚持有人害她这一说法。但对具体问题避而不答。当出纳时曾贪污现款，注意贪污现款这四个字。

柳楷这时注意力转了过来，他费解地皱着眉头。

谢霓继续读：被厂方除名后，神志开始不清。犯病时，把十元的人民币撕碎，说那是印着咒语的小纸片，是巫婆用的，被其母其弟送院来治疗……

柳楷插嘴：她父亲不是著名的物理学家吗？为什么他不来看女儿？

谢霓：她父亲是50年代大名鼎鼎的景宏存，物理学界的泰斗。……你往下听呀。治疗期间，常不进食。夜间噩梦纷扰，常哭醒，只能靠安眠药维持起码的睡眠。患者自述常心悸，但拒绝说出恐惧对象。经医护人员精心治疗略有好转……

柳楷又忍不住插话：哼，不到医院实习，我就根本不懂什么叫"精心治疗"。

谢霓：别打岔！治疗中两次虚脱，曾采取特殊措施进食。尽管院方看管严格，患者仍两次逃出，但似无自杀意向。患者常常在夜半三更独自……

轰然而响的钢琴声，从隔壁传来，二人同时吓了一跳。

谢霓冲出房门：谢虹，轻点儿！

钢琴奏出一连串的不谐和音，丝毫没有减音量。

柳楷把"材料"装进纸袋：我回去细看吧！

谢霓笑着拦住柳楷：别着急，正事儿还没谈呢！

柳楷早有准备地：说吧，让我干什么？

谢霓笑容可掬地：我想让你走走桃花运。

柳楷怔住，盯着她的眼睛。

谢霓释然地：让你和她谈恋爱，交朋友。不懂吗？

她的目光神秘而又深邃，无法穿透。

10. 柳楷的房间　夏　夜　内

黑暗中，柳楷的眼睛闪着光。

另一张床上传来柳弟的鼾声。

月光洒在地上。

谢霓的画外音：她的精神障碍是可以解除的，这办法就是爱，首先是异性的爱。我也要和她交朋友，但有些事我做不到，而你是个很值得一爱的健康正常的男人……

黑暗中，柳楷翻身坐起：荒唐！他推开阳台的门。

一只鸽子探头探脑地向屋里张望，一双亮晶晶的黑豆眼闪着光。

11. 柳楷家阳台　夏　夜　外

柳楷走上阳台。

皓月当空，月光很浓。

谢霓画外音：我希望你做的，就是让她把感情从她过去的男朋友身上移过来，移到你身上……

柳楷和脑子里的谢霓对着话：可一旦她动了真情。那后果……

谢霓画外音：以后的事我自有安排。

柳楷抗争着：可我的感情怎么办？……

谢霓充满自信的画外音：你不会离开我的！

柳楷仍在顽抗：不，不！如果她再得而复失，就彻底把她毁了！

谢霓平静的画外音：你以为不这样她就不被毁灭吗？也许这是惟一能试一试的机会。

柳楷无言以对，他垂下头。

屋里传来"咕咕"的鸽子的叫声。

12. 柳楷房间　夏　晨　内

那只鸽子不知什么时候，跳在柳楷的床上，咕咕地叫着。

13. 精神病院病房　夏　夜　内

谢霓身着白大褂，皱着眉屏着气把窗户一一打开。

趁谢霓转身的机会，景幻把桌上的两包药抛向窗外。

谢霓笑盈盈地走向景幻：这样空气好些吧？

景幻不知在想什么，敷衍地点点头。

病人们不知是冷还是兴奋，嗷嗷地叫着、跳着……

护士长疾步走来，环顾四周严厉地：这是谁干的。

病人们惧怕地回到自己床前。

谢霓温和地：这屋空气太差。我就……

护士长不悦，她快步走向窗前，挨个关上窗：这是违反规定的！病人跑了谁负责？

谢霓正欲争辩，护士长瞥了她一眼匆匆走出病房。

柳楷走来：算了，何必呢？

谢霓不理柳楷，转向景幻：这是柳大夫，柳树的柳，他可好了，你别怕他。以后有事儿就找他，你可要记住了……

柳楷慢慢地踱出病房。

14. 医院心理咨询室　夏　晨　内

郑大夫正在给病人做暗示和催眠治疗。

柳楷坐在后排座位上，认真观看。

谢霓在门口探头探脑，她向柳楷摆摆手。

柳楷很不情愿地起身走出去。

15. 医院走廊　夏　日　内

谢霓责备地：你怎么走了？景幻的脚被稀饭烫伤了，你去给她包包。

柳楷不耐烦地：你给她包包就行了。

谢霓：我还有事儿要出去。你别老是板着个脸，要多接近她。

谢霓匆匆走了。

16. 医院换药室　夏　日　内

柳楷收拾着器具态度和蔼地：出来的时候，别忘了把门撞上。

景幻在穿鞋，她温顺地点点头。

柳楷离开了换药室。

景幻抬头四下里张望着。

17. 医院盥洗间　夏　日　内

柳楷刚伸出手要开水龙头，突然停下了，他从水池里捞出两包药来：谁把冬眠灵扔在这儿？

一个洗手的小护士：还有谁？十三床！

柳楷惊讶地：景幻？怎么会，我看整个病房里她是最温顺的了。

小护士一撇嘴：温顺，你可真逗，顶阴奉阳违的就是她。

柳楷下意识地纠正道：阳奉阴违，你搞反了。

小护士不以为然地：都一样，大学生就是咬文嚼字。我跟你说，——看不紧，她就逃跑……

柳楷感兴趣地：跑回家去？

小护士：哪儿啊，从来就没见她们家来过人。她四顾无人，又神秘地捂着嘴，压低了声音：实话告诉你，她跑得老远，妙峰山还往西呢！让当地农民给送回来的。说起来，这事儿还真有点儿怪……

柳楷又打了个寒噤。

小护士更加夸张地：两次都跑到同一个地方，好像那地方有什么勾着她的魂儿似的……每次回来都用了电击，可惨了……说到这儿她自己哆嗦了一下。"十三床这号就不吉利，上次那个人出院就死了。"

有个影子在毛玻璃门后晃了一下。

柳楷感觉不对，大步去开门。

18. 医院走廊　夏　日　内

走廊里静悄悄的没一个人影。

柳楷奇怪地沿走廊向回走着。

小护士追着柳楷唠叨着：十三床还真有股子灵气儿！你们这帮大学生未必比得过她，倒不是我小瞧你们。

柳楷总觉得心神不宁，他敷衍着：你说得玄了！

小护士：不信，就走着瞧。哎，你们大学生谈恋爱的多吗？……

柳楷突然领悟了，他回头大步向换药室走去。

19. 医院换药室　夏　日　内

换药室的门大开着，柳楷急步走入。

屋里被搞得乱七八糟，玻璃柜里的药盒子被打翻了，药片满地都是……

柳楷思索着。

20. 医院病房　夏　日　内

景幻还是老姿势背对着所有的人眼望着窗外。她的目光仿佛越过窗外的景物，停留在一片遥远的疆土上。

柳楷站在门边看了一会儿便轻轻地走到景幻身后，温和地：刚才，我不是叫你把换药室的门关好么！

景幻抬起眼，温顺地点点头。

柳楷：那你为什么不关？

景幻温和的目光中没有一丝愧疚和歉意。

柳楷：是忘了吧？换药室被搞得很乱。我知道那不是你干的，可因为你没关门，别的病人进去了，这多不好。

景幻又轻轻地点点头，再也没抬眼。

21. 街道　初秋　日　外

谢霓骑车穿过一个热闹的菜市场。

谢霓骑车穿过不很热闹的红枫旅馆。

谢霓骑车驶过冷冷清清的小桥街道服务社。

谢霓拐个弯骑入了人迹稀少的小桥胡同。

谢霓在2号院下车。

这是一个古老破旧的院子。门上的漆已斑驳，分辨不出是什么颜色，屋檐下结满了厚厚的蜘蛛网。谢霓一敲门，门框直晃，上面掉下许多灰沫，像是随时都要散架，简直像《聊斋》中的鬼屋。

半天门才打开一道缝，露出一个老妇人的半张脸：您找谁？

谢霓：我是精神病院的大夫。找你们是想了解一下景幻的情况。

老妇人上下打量着谢霓，没开门：您贵姓？

谢霓克制着不快，故意用过分的热情：姓谢。你是景幻的母亲吧！

景母还想说什么，门被"咣啷"一声打开了。

一个二十出头、膀大腰圆的小伙子恼怒地瞪了景母一眼：也不开门请人家进来，废他妈什么话呀？！

景母有些怕那小伙子，畏畏葸葸地退到院里。

22. 景幻家院里　初秋　日　外

谢霓推车进院。她打量着院子。

院墙一角已塌了，掉下的碎砖堆在地上。

房顶上露出枯黄的草。

几间屋子更像临时搭起的防震棚，根基不牢，仿佛随时都有崩塌的可能。

23. 景宏存的房间　初秋　日　内

屋里一个瘦老头儿正在灌暖瓶，他瘦骨嶙峋，面色憔悴，像个晚期癌症患者。

谢霓仔细观察着老头儿，她轻轻地摇了摇头。

景宏存穿得很破旧，领口、袖口都磨破了，脚上穿着一双几处断裂的塑料凉鞋，他双手哆嗦着灌暖瓶，水洒到了地上……

谢霓试探地：景伯伯……久仰您的大名，您还在物理学界吧……

景宏存"啊，啊"地答应着，他耳朵已经背了。

地上的水越洒越多……那小伙子走过去，一把夺过水壶恼怒地：我来吧……真是的。该认怂就认怂，别老不服气。

景宏存喉结抖动着：景致，你这是跟父亲讲话吗？

景致眼一瞪：我这不是好心吗，怕你烫着！

景母立即搭讪：这孩子就是倔，好话都不得好说。

景致瞟了谢霓一眼，对景母：去去去，干你屁事儿！

谢霓站在那里，冷冷地注视着这一家人。

景宏存强笑着：我们没教育好孩子，你别笑话。

景致又狠狠瞪了景宏存一眼，俨然以一家之主的身份给谢霓让座、倒茶，随后自己点燃一根烟，跷着二郎腿坐在沙发上。

谢霓怜悯地看着景宏存礼貌地：景伯伯身体不大好吗？

景宏存老是用一个旧手帕擦眼睛里流出的混浊的泪水。他不知如何作答。

景母：是啊，我和他身体都不好，我这个儿子，别看个头儿大，虚得很哪，全家属他身体最差，总是没劲儿，想睡觉。你说这是怎么回事儿，谢大夫？

未等谢霓答话，景致恶狠狠地吼了声：有完没完？是听你的。还是听人家的，啰啰嗦嗦也说不利索……

景母气得进了里屋：你看，这孩子……

谢霓赶忙入正题：你们很久没去看景幻了吧？

景宏存重重地叹了口气，一双枯瘦的手搔着头发，呈现出烦躁、愧疚和羞赧：你看，我这个样子，也没法去看她。他们……唉！她……好些了吗？

景母从里间抢出：可不是。我们身体都不好，又老忙家务，实在是……谢大夫你可不知道，家里有这么个病人……真是……每月的开销太大了，家里就老头子一个人挣钱……

谢霓奇怪地向景致：你没工作？

景母又抢过话：他一直待业，这可怜的孩子哟……

景致：得得得，怎么老是些废话！谢大夫，你说吧，想知道点儿什么？

谢霓略一沉：我想……让景幻做院外治疗，看看你们能不能给她创造一种好环境，第一——

景母忙抢过话：哎哟哟，谢大夫，不行啊，千万行行好，可别叫她回来，她和她弟弟……有点……合不来……她瞟了景致一眼。

景宏存张口想说什么，但又咽了回去。

景致：我揍过她，可这不能怪我，她那个人太各色，招气，三天不打她就浑身痒痒，天生的神经病脑袋。

谢霓感到厌恶：对不起，不是神经病，是精神病。请谈谈景幻男朋友的情况。

景宏存和景母都沉默不语。

景致对谢霓的态度一点儿也不介意，他吐了个烟圈。漫不经心地：噢，是夏宗华，电影制片厂的一个副导演，他们早就认识……这年头儿，是个人都当导演、副导演还不大把抓。

谢霓：他们感情好么？

景母：说不准，景幻老拿我们当外人，从来没跟我们讲过实话。那男的每次来话可多了，他俩在一起唠唠叨叨的，无非是讲我们小致的坏话！

景宏存忍不住了：你不要听她信口开河！

景母表情突变：哟……一说你那宝贝女儿，你就坐不住了。

景致好像司空见惯，不理不睬这种气氛，依然懒洋洋地抽着烟：其实景幻是他妈的单相思，姓夏的那小子，肯定是老顽主了，我这眼毒，没错。

24. 医院病房　初秋　雨　内

病人们蒙头大睡。

景幻缩在她的小角落里，折纸玩儿。

大大小小的纸房子有的像古希腊的大型穹顶建筑，有的像中国的宫殿，有的像安徒生童话里的小房子。

景幻折一会儿就抬头看看窗外。

那是一片金黄、朦胧的世界。

景幻又低头继续折，她干得津津有味，细长的手指灵活地翻动着。

郑大夫带着实习生们进屋查房。

景幻没有察觉到身后的人们。

学生甲：哎哟，真有想象力。

景幻猛地抬起头，怔怔地望着周围的人们，眼睛里充满了惊恐。

郑大夫微笑着示意她继续折。

学生们忍不住伸手要拿她的"作品"。

景幻忙把小房子抱拢，下颏儿顶在房尖上。

谢霓摆手制止了同学们，轻声赞道：真漂亮，送我一个好吗？

景幻不语，她看看周围的人，目光又变得温顺、柔和了。

谢霓：要是上了颜色就更漂亮了。柳楷，明天把你的彩色水笔带来怎么样？

景幻惶惑地连连摇头：不，不，不……

25. 夏宗华的宿舍　初秋　黄昏　内

房间里十分杂乱，墙上贴满了各国影星的照片和一些莫名其妙的几何图形。床上的被子没有叠，脸盆里泡着脏衣服。

夏宗华好像刚睡醒，浮肿的泪囊、睡眠不足的眼睛，满脸的疲惫态，他抓起桌上的一个装着半杯剩咖啡的杯子，给谢霓倒水：我很忙，马上要出外景了。

谢霓四下里打量着这昏暗、怪异的房间和这个高个头儿而又显得很深沉的男子。

夏宗华盯着谢霓看了一会儿，眼睛有些发亮了，他努力做出潇洒和现代的样子：我这个人，外表看起来挺花哨，骨子里却很传统，别人对我有误解，我也没必要向所有的人去解释。我和景幻相处十年了，她最能证实……

谢霓不耐烦地：我指的不是这个，这并不重要……

夏宗华换了口吻：当然，世人把这东西也看得太重，其实也没什么了不起，不过我和景幻确实……

谢霓有些恼怒地：谈点儿别的不好吗？

夏宗华顺势一转：好，不谈她了，咱们谈点有意思的，比方说，谈谈你怎么样？他试探地看着谢霓。

谢霓的脸沉了下来。

夏宗华话锋一转：我很想了解一下大学生的生活。

谢霓鄙弃的目光：我找你是想了解你和景幻的过去。

夏宗华满不在乎仍用不知羞耻的目光盯着谢霓：没关系，咱们有的是时间。

26. 医院病房　初秋　夜　内

病人们酣睡着。

坐在被窝里的景幻打着手电，用彩笔给纸房子涂颜色。

走廊里传来脚步声。景幻敏捷地关闭了手电，钻入被窝，脚步声远去，她又爬起来，继续涂着。

27. 医院走廊　初秋　夜　内

景幻悄悄地推开门溜进走廊。

空旷的走廊里有几盏灯坏了。走廊中部一个值班护士伏在桌上睡着了。

景幻那纤细的身影，一会儿被照亮，一会儿又隐到黑暗中。

景幻的影子一会儿被拉长。一会儿又被挤扁。每到一盏灯的开关前，那灯就被关闭了。

景幻的影子一伸一缩地移过值班护士的桌前。

随着关灯的次数，景幻的影子被拉长，挤扁的幅度也更大了。走廊里的光线越来越弱了。

值班护士在又一声的关灯中抬起头，她目瞪口呆地望着影子远去。

随着最后一声开关响。画面全黑了。

28. 郑大夫办公室　初秋　晨　内

值班护士把一大堆花花绿绿的纸房子堆到桌上，大惊小怪地：十三床又犯病了，昨天夜里可把小方吓坏了，简直像个幽灵，天快亮时，她梦游似的走在走廊里，手里拿着个方方的东西，走到一个灯前就关一个灯，小方眼见她走进了这间屋，灯就全黑了，接着就听到"哗啦"一声响。郑大夫你赶快查一下少什么东西了没有。

柳楷赶快拉开办公桌的抽屉。

那盒水彩笔工工整整地放在里面。

柳楷不理解地摇了摇头。

郑大夫思索了一下：走，看看去。

29. 医院病房　初秋　晨　内

病人们依旧每人抱着大瓷碗吃早饭。

景幻两眼发呆在角落里机械地喝粥。

值班护士跟着郑大夫唠叨着：用了好大劲儿，才把那些纸玩意儿给夺下来，也不知她怎么涂的色儿。真怪。

一个狂躁型病人突然发作，扑向景幻，夺过景幻的碗，摔在地上。

郑大夫和值班护士把那病人架了出去。

景幻毫无表情。

柳楷急步走向景幻：景幻，你怎么也不吭气儿呢？

景幻突然开口了：我习惯了，不这样，我反而受不了。

返身进屋的郑大夫怔了一会儿，悄悄对进屋的值班护士：十三床又发作了。晚上别忘了给她加药。

30. 夜市　初秋　黄昏　外

天还没黑，夜市已热闹起来。小贩的吆喝声。各种小吃的烹炸声。越来越多的顾客。

谢霓和柳楷从胡同里拐出。挤入熙熙攘攘的人群。

柳楷深吸了几口气：这才回到人间了，那个鬼地方，没病也能把你待出病来。

谢霓：刚才你说，给她笔她不用，偏要半夜里偷着用？

柳楷：真是见鬼了！

谢霓：看来，这女孩儿自尊心相当强……

柳楷：我觉得……她很难改变，而且……也不会把她的心里话告诉我。

谢霓眉毛一挑：这么说，您想撤了？

柳楷：杨老师说，医院讲我们干预他们的工作。

谢霓坚决地：别理他们！

柳楷停下来：谢霓，再有一个月就毕业了，按老师的要求，搞好你的论文吧，对景幻实在有兴趣，可以毕业后再说……再说……我也实在耗不起。

谢霓笑眯眯地：连个景幻都征服不了，你配做我的男朋友吗？

柳楷急了：我就是不胜任！

谢霓从一个货摊上挑了一顶红色遮阳帽扣在柳楷头上：为了我嘛！她用撒娇的语气说。

柳楷无可奈何地摇摇头。

31. 郑大夫办公室　初秋　日　内

谢霓手持论文，严肃地：我始终认为，精神病患者，不仅是个体失调，也包括个体与社会的失调，药物解决不了根本的问题，这点您也同意，关键是要帮助他们重新进入社会。可以在院外治疗中贯穿随访、咨询、社会工作、心理测验等一整套措施。我认为对景幻进行院外治疗是可行的。

郑大夫面露不悦：这不可能，我们目前还从未作过这样的尝试，再说，院领导根本不会批准。

谢霓笑着：郑大夫，这话可不像是您说的……说真的，我早就拜读过您关于病理心理学方面的大作，有很多想法，实际上是从您那里得到的启发。

郑大夫：你知道，思想和行为往往是有距离的。大学生，总有一个痛苦的过程，才能实际起来，我也是这样过来的。

谢霓施展最后的攻势，撒娇地：可以暂时不通过院方，您这点儿权力还没有？人家是相信您的魄力才跟您商量的嘛……

郑大夫狡狯地：你可真行，胡萝卜加大棒……哎，听说卡拉扬来华，只演四场，票很难搞……他转换了话题。

32. 大学风景区　秋　夜　外

一架绿茵茵的藤萝。

学生们三三两两地走过。

谢霓挎着书包，懒洋洋地走来。

阴影处。柳楷追上谢霓：听说，你的论文没通过……

谢霓点点头。

柳楷真诚地：我帮你重新选个题目。

谢霓莞尔一笑：无非是个分配问题，没必要看那么重，我准备报考研究生。

柳楷担心地：考不上呢？

谢霓：回我原来的小医院总可以吧，那儿业务不忙，可以充分利用时间。问题是景幻的院外治疗不解决，千载难逢的机会就失去了。

她摸出一张入场券：明天你给郑大夫送去。卡拉扬音乐会。

柳楷：你这人目的性太强了。

谢霓：当然。中国人素以成败论英雄。人们看的是结局，并不看你的方法手段。

柳楷：你可真是女性中少有的务实派。

远处响起闷雷声。

谢霓用手抹去额头的汗：今年的夏天真是又闷又热。

33. 谢霓的房间　中秋　黄昏　内

谢霓和小保姆在布置房间，格调单纯而舒适。

谢虹一手叉腰倚在门框上：我说你的那位大小姐，到底要住多长时间？

谢霓漫不经心地：这可说不准，看治疗效果再说吧！

谢虹倨傲地：你说得轻快，我的房间也兼琴房。你和我挤在一块儿，我没法练琴了。

谢霓：得了，得了，您凑合着点儿吧，学校不是也有琴房吗？

谢虹：不行！要么你就搬单位去。你那位小姐真发起病来，咱家可就完了……

谢霓马上换一副笑脸：好姐姐，我刚到医院上班，哪有宿舍给我？再说，景幻不是躁狂病人，你别以为精神病都摔碟子砸碗的，我帮你抄谱子还不行吗！

谢虹娇嗔地：就会花言巧语。

谢自宁和文波走了进来。

文波：小霓，我们这种人家，住个精神病……这事儿你也不和我们商量商量……

谢霓：我和爸说了。妈，为了我的事业，您就答应吧！

谢自宁一种允诺的目光：反正我在家也没事儿，就算跟我做个伴儿吧。

文波无可奈何地：连研究生都没给我考上，还谈什么事业？

34. 谢家花园　中秋　夜　外

秋风阵阵吹过，黄叶像片片金箔在夜色中闪亮，地上厚厚的落叶，长疯了的月季在风中摇摆。

花园里摆着桌椅、水果、月饼等。

优美而流畅的钢琴声阵阵飘来。

柳楷穿着整洁，走进花园。

谢霓全家人兴致勃勃地坐在一起。

谢家姊妹都是盛装打扮。

中秋的月光柔和地洒在院子里，给人一种朦朦胧胧的感觉。

柳楷找寻的目光。

景幻坐在角落里，穿着一身合体的象牙色夹衣裤，月光勾勒出她玲珑剔透的身段。

谢霓笑吟吟地：她很美，是吧？她站起身向大家：今天，为了欢迎我们的新朋友景幻。也为了度过美好的中秋之夜，我们举行一个小小的晚会，特邀未来的大学教授柳楷参加。好，现在晚会开始，请听妈妈最近写的钢琴独奏曲《弧光》，请谢虹为大家演奏。

大家鼓掌。

景幻无动于衷。

文波：提点儿要求：听完之后大家把曲子表达的意境，按自己的理解谈出来，怎么感觉的就怎么说，没有关系的。

谢虹化着淡妆，身着曳地长裙，仪态万方地走至廊前的钢琴旁，揭去红色的丝绒盖布。

轻轻的音乐像溪水般流了出来。

每个人都沉浸在音乐中。

小保姆在打盹。

景幻低着头，不知在画什么，柔而黄的长发遮住了她的脸。

一个下行增二度的音调给乐曲蒙上一层忧郁的色彩。浮动的和弦犹如潺潺流水。缓慢的主旋律在不断变幻的和声衬托中，显得明澈而深沉……主旋律开始动荡，琶音急骤起伏，骤雨似的澎湃起来……

谢霓托腮静听。她的目光始终注视着自己的连衣裙。

那是一个白底、红边、蓝花的世界。

画外音：是插队的兴安岭？对，森林、奔驰的野鹿、飞舞的雪花，暮色中我们坐着爬犁，狩猎归来，那爬犁像是在飞。在温暖的林间小屋，我贪婪地喝着伐木工人煮的热气腾腾的鲜鱼汤……

谢虹激动地弹奏着乐曲，她的目光始终注视着琴键。

那是一片白色的世界，黄色的手指像波浪般滚动着。

画外音：像原野，又像舞台。我穿着白色的纱衣，头戴花冠旋转着……雷声滚滚，暴雨骤至，一匹白马向我驰来，匍匐在我脚下。我骑在白马上，像一颗流星在暴风雨中飞驰……

谢自宁那张安详的脸始终对着谢霓和钢琴。

谢虹裙子上橙红色的斑点不断在深栗色的钢琴上跃动。

画外音：那是久远的莫斯科滑冰场。巨大的冰面，姑娘们五颜六色的防寒服，冰面上滑出的各式花纹、溜冰圆舞曲的优美旋律，我拉着你的手跑起圈来。黄头发、白头发、黑头发，黄眼睛、蓝眼睛、黑眼睛，多么陌生而又友善的面孔，多么斑驳而又和谐的画面，我心里明白。阿波，你是想追回年轻时的活力……

柳楷深沉地抬头望着圆月。

清白的世界，不时有孩子放的礼花。五颜六色地在清白中闪烁。

画外音：中秋夜晚的圆明园，清冷的月光罩着残垣断壁，一颗流星在夜幕上划出一条明亮、优美的弧线，一个孤独的少女在残垣断壁中穿行。月亮像舞台上的追光始终追逐着她，她飘忽不定，忽而她是只淡紫色的蝴蝶，衔着一瓣金黄的迎春，在寒冷的春风中盘旋；忽而，她又变成一只黄色的蝴蝶，在炽热的夏日河塘边，向垂钓的老翁微笑，她又是一只受伤的蓝蝴蝶，在秋天的枯叶里唱着哀怨的歌；一下子，她又变成了一只鲜艳的红蝴蝶，在银白色的雪花中，顽强飞舞……

文波一双明亮的眼睛在每一个人脸上搜寻。

那是一张张困惑的脸，在月光中是一片灰色。只有谢自宁的金丝眼镜反过一道白光，很快又过去了。文波的目光落在小保姆脸上。

小保姆的脸被黑黑的阴影吞没了。她开始打起盹来……

文波画外音：为什么？我的艺术和他们无法沟通！难道，我的才华就这样不为人们理解？难道就没有一个人……

钢琴的最后一个和弦结束了。世界仿佛更静谧、更透明了。许久大家都沉默着……

文波扶了扶金丝眼镜，莞尔一笑：真有意思，同一首曲子，各人的理解有那么大的差别。不过都和原意……

谢霓注视着景幻：先别下结论。妈妈，景幻还没说话呢。

众人的目光齐刷刷地向景幻投去。

文波礼貌地微笑着：你也来说说，景幻，别怕，说错了没关系。不会笑话你的……

景幻神情恍惚地抬起头，像是从梦中惊醒，她展开了一直涂抹着的那张纸。

一幅古怪的画：一个无星无月的夜。一口结冰的小湖。湖面上，一个少女的黑色剪影，滑行在一条亮闪闪的 8 字轨迹上。天边，隐隐约约透出一片白色的光斑。

大家不理解地摇摇头。

文波从画上抬起眼睛，神色突变，惊疑地盯着景幻，声音有些颤抖：你……你是怎么想的？……

景幻半晌才轻声说：我见过这地方。

文波更为惊异：见过？在哪儿？

景幻惶惑地抬起眼帘：在……

谢霓首先领悟到了什么：怎么了？妈妈。

文波沉下脸，像是不愿继续这个话题。她把画折起来：先放在我这儿吧，好吗？

景幻温顺地点点头。她眼睛里闪过一种富于深意的冷笑。

大家愕然。

柳楷像是要把景幻看穿似的盯着她。

小保姆在梦中大叫：我看见啦！

大家被吓了一跳。

35. 文波卧室 中秋 夜 内

文波辗转难眠,她打开床头灯,反复看着那幅古怪的画。

谢自宁迷迷糊糊地:睡吧。阿波,睡吧……

36. 谢霓家客厅 中秋 夜 内

文波轻轻走向钢琴。

月光洒进客厅,照着文波苍白的脸。

文波紧盯着那蒙着红丝绒的钢琴。

钢琴上的丝绒慢慢滑落。琴盖被打开,琴键一个个上下飞动着。《弧光》的主旋律轻轻响起。(注:以上画面均看不见人的手。)

画外音:结冰的小湖,低矮的灌木丛,闪动的光斑,还有那条轨迹……真是个可怕的精灵……

37. 文波书房 中秋 夜 内

文波打开乐谱,伏案疾书。

谢自宁着睡衣轻轻走来,站在文波背后:阿波,你在干什么?还不睡觉。

文波吓了一跳:那首《弧光》,我想进一步强化主题,改写成钢琴协奏曲。

谢自宁微微一笑。

38. 谢家花园 秋 晨 外

景幻在花园里转来转去,突然她蹲下身,拔着地上的杂草。

谢自宁在远处打着太极拳,他宁静而平和地注视着景幻。

景幻干得很起劲儿,柔黄的长发不时遮住她的脸孔。

一堆杂草小山似的堆在花园里。

谢霓刷着牙走来:景幻,吃早饭了。

景幻抬起流汗的脸,向谢霓微笑了,她笑得很动人。

文波、谢虹在客厅里隔着玻璃窗盯着景幻。

39. 柳楷房间　秋　日　内

谢霓低头在本上记着什么。

柳楷拿着表格来回踱步：人格测验，证明她是个好冥想的人。这点符合原来的预测。

谢霓拿起一份表格：你看，这几点都和预测一致，可智力发展的不平衡简直惊人。某些方面，智力超常。可计算能力实在太低了，连数字概念都缺乏。

柳楷：按计划，就差'洛夏'测验了。

谢霓：今晚你来做，我哄他们去看电影。

柳楷：我发现，景幻好像对你们家的小花园很感兴趣。

谢霓兴奋起来：对！这几天除了吃饭睡觉，她一直在园子里泡着……哎哟，这是什么？

一只鸽子在一下下地啄谢霓的脚指头。

40. 谢霓家客厅　秋　夜　内

客厅里空荡荡的很静。

柳楷把一沓图片放到桌上，他拿起一张水墨图片，举了起来：它像什么？

景幻：像……像山。

柳楷把图片反过来看。

果然那图案像是喀斯特地貌中的怪山。

柳楷又把图片反了过来：再仔细看看。

景幻：还像……人脸……

柳楷惊诧地：人脸？他又反过图片。

果然，那黑迹又变成一张五官齐全的人脸。表情十分怪诞，好像一只眼睛在流泪，另一只眼睛在阴惨地笑。

柳楷浑身一哆嗦，有点头皮发麻。他嘟囔着：你想象力很丰富，但很怪诞，这是不正常的病态。

景幻突然问：为什么？

柳楷：书里讲 SQ 分数高，证明智商高，但你的 SQ 太高了……

景幻默默地盯着他。

柳楷掩饰地：你不懂……这个问题以后再说吧。他又举起一张色彩明亮的图片。

景幻漫不经心地瞥了一眼：这就是了。

柳楷莫名其妙地：什么？是什么？

景幻平静地：就是我常常做的那个梦。

柳楷愕然。

外面起风了，巨大的树影在窗帘上晃动……

黑影里，景幻像一个白色的精灵：我常常梦见，我来到一个地方，那儿，有一口结了冰的小湖，周围是低矮的……

柳楷迫不及待了：是你画的那张画么？

景幻瞪了他一眼。

柳楷睁圆一双困惑的眼睛看着景幻，一种类似耳鸣的"嗡嗡"声响起来……

景幻神秘莫测的脸和一张一合的嘴。

柳楷仓皇地：你说的是一个古老的神话，不是梦，我知道，这个神话中藏着一个源远流长的谜……

那难受的"嗡嗡"声消失了。柳楷用手掌吸了下耳朵。

景幻一反温和的态度：你们懂什么？你们以为比别人多读了几本书，就算聪明人了？世界上奇怪的事儿多着呐……

突然景幻顿住了，惊惶地望着柳楷，像是做错了事的孩子等着挨打。

柳楷平静下来：你——你是什么时候开始做这个梦的？

景幻：很早了，小时候。

柳楷：每次都是重复同一内容么？

景幻：差不多……甚至，有时在梦里我也是清醒的，我知道自己快要做那个梦了，我就对自己说：它来了，景幻，它来了。

柳楷疲倦地：真是不可思议。今天……他抬手看了看表。

景幻急促地：你……等她们家的人回来，再走吧。

柳楷：怎么，你害怕？

景幻垂下眼帘。

柳楷声音有点儿沙哑：你怕什么？

景幻：怕……周围那些看不见的东西。晚上，那些东西藏在黑暗里。在很静的时候，可以感觉到它们从四周无声无息地飘来……像是很轻的云彩……可它们又很重。压得人喘不过气来……我常常发抖，不敢睁眼……

柳楷搓着发凉的手指壮着胆：正因为你不敢睁眼，你才害怕。假如你睁眼一看就会发觉什么也没有。……

风从被吹开的窗户中袭来。窗帘乱飘着，外面的树被风吹得哗哗响。

柳楷掩饰着自己的怯懦，快步去关窗。一回头，看见景幻随他动着。并用一种惧怕的目光看着他，好像怕他谋害她似的。

柳楷非常温柔地：景幻。

景幻还是戒备着：嗯？

柳楷：你的童年……是不是有过什么不幸的经历？比如说……

景幻很快地接过话：不，我的童年很幸福。

柳楷追问：你妈妈、爸爸……他们爱你么？

景幻回答得更快，声音很轻，还夹杂着哭腔：当然，他们都很爱我。

柳楷：那……他们为什么不来看你……

景幻愠怒地：不，他们身体不好，有病……他们自己也照顾不了自己……

柳楷：景幻，你还年轻，做些事吧！别相信那些荒唐的梦……

景幻轻轻地：不，我信。我见过那地方。不仅是梦中，我实实在在地见过。

柳楷瞠目结舌。

41. 谢家花园　深秋　日　外

景幻跪在地上，给一些不耐寒的品种培土、包扎。

那花园已变成弧形，十分现代。

景幻又在给花卉整枝、修剪。她的长发上沾满了草叶。

谢自宁收住了太极拳，向景幻走来，很有兴趣地看着景幻干活。

42. 谢虹的房间　深秋　黄昏　内

谢虹正在练琴，身后传来敲门声。她头也没回：进来。

夏宗华穿着讲究、举止潇洒，和上次判若两人。他推门而入，走至钢琴边。

谢虹侧头看着他。

四目相对，两个人的眼睛都变得亮闪闪的。

半天谢虹才用温和的口吻说：你找谁？

夏宗华十分礼貌地递上一张名片。

谢虹把一头秀发向后一甩，娇媚地一笑：你要找的人不在。

夏宗华熟练而潇洒地掏出一支烟：可以吗？

谢虹笑了笑，没表示反对。

夏宗华点燃香烟，自得地：您怎么知道我要找谁？

谢虹：当然，谢霓和我说起过你。

夏宗华眯着眼打量谢虹：哦，您是谢霓的姐姐，音乐学院钢琴系的学生？

谢虹感兴趣地：谢霓告诉你的？

夏宗华：不，不！我干的职业就是判断、分析、了解人的。当然也常常和音乐打交道……噢，我在这里等她一会儿可以吗？

谢虹有些意外，但很快便娇媚地努努嘴——做了个孩子似的顽皮的表情。

43. 谢家花园　深秋　日　外

景幻把杂草埋到挖好的深坑里，谢自宁帮她往里填着土……

谢霓笑盈盈地从外面进来：景幻，告诉你个好消息，明天你就可以去街道工厂上班了。

景幻困惑地望着谢霓。

谢霓帮景幻干着活儿：你不愿抄乐谱就到纸盒厂换换口味。活儿不累……

谢霓发现景幻神色不对，马上解释道：没别的意思，我只是觉得……你应当尽快回到社会生活中来。你说呢？

景幻深埋着头，拼命克制着内心的冲动。机械地铲着土，她的双手在微微发颤。

谢自宁不安地看看谢霓，再看看景幻：小霓，景幻不愿去就算了。我们这儿也需要她。

谢虹的房间里传出一阵不熟练的钢琴声，隐隐约约又传来谢虹和一个男人的笑声。

谢霓：谁来了？谢虹乐成这样儿！

景幻突然抬起头倾听着、辨别着那男人的笑声，她的神情变得很阴沉。

谢虹的房间里又传出流畅、悦耳的钢琴声。

44. 谢家客厅　深秋　黄昏　内

文波拿着乐谱、铅笔，踱步沉思。

谢自宁兴冲冲地进来：今天，会议开得很热烈，讨论了许多重大问题，他们还要我过几天参加一个检查团。

文波审视着谢自宁：你从来不参加什么会，可现在又是讨论又是检查的，怎么回事？你变得不安分了！

谢自宁笑笑：你不是也这样吗，一年你上过几次班，现在呢？晚饭后还要去团里排练，又是什么改变了你呢？

文波：过去，我是以为自己老了，看起来，我还是有潜力的……

谢自宁：咱们去花园看看。

45. 谢家花园　深秋　黄昏　外

落日中，一行人沿石子甬道走向花园深处。

美人蕉、大丽菊、茉莉、月季……都像清水洗过似的鲜艳夺目。倚墙栽的茑萝、常春藤千姿百态，造型优雅……

谢自宁心情特别好：每年一到这时候，这个小花园就进入了萧条时候……可今年，哈哈……

柳楷专注地看着仙客来的花丛。

红白两色的花朵盛开着。

谢霓更为兴奋：我早就说过，她很聪明。

文波淡淡地：没想到这孩子倒有这方面的才能……

谢虹摘下两朵玉簪花骨朵，别在自己的衣襟上，漫不经心地：有的精神病就这样，总有点专长。听说监狱里的犯人有的也有点奇才，没什么稀奇的。

文波：这倒也是。我看这样吧，让她每天帮着看看园子。一来替替老头儿，二来也不至于惹什么是非。

墙角。花丛深处。景幻挂着冷笑的脸。

46. 谢霓房间　深秋　日　内

景幻兴致勃勃地给柳楷画像。

谢霓站在一旁观看。

景幻熟练地抹了最后几笔，微笑着抬起头。

谢霓迫不及待地抢过画，哈哈大笑：绝了！看不出景幻还是个天才的漫画家。

柳楷夺过画看着，慢慢地，他的脸上显出明显的不快。

柳楷的肖像，像一个五官背离的瘦"钟馗"，线条不是很老练，但特点抓得很准，一眼就能看出是柳楷。

景幻咬着嘴唇笑着看柳楷的脸，她妩媚中带着几分调皮的样子。看到柳楷的神情，她笑容顿逝。

柳楷尴尬地站着。

景幻的目光中现出了真心的歉疚。

谢自宁推门进来奇怪地看着谢霓：笑什么？傻丫头。

谢霓前仰后合地把画递给谢自宁。

谢自宁皱眉看了一会儿，舒展开眉头：这好像是柳……看到柳楷的神情他转了话题：小霓呀。你一辈子也长不大！……喏，一人一对。他把骨质手镯分送给两个姑娘。

景幻推辞着。

谢自宁补充着：噢，小虹我已给过了，不偏不向。

谢霓硬把手镯塞到景幻手中：爸爸一高兴就送我们小玩意儿，不要白不要！

景幻摆弄着手镯。看得出她很喜欢。她抬起头，下意识地向柳楷看去。

柳楷已不知去向。

47. 谢虹房间　深秋　日　内

夏宗华踱着步：导演对你印象还可以，不过还有几个会弹钢琴的候选，我请导演照顾一下我们的……关系……他试探地看了谢虹一眼。

谢虹的脸红了。

夏宗华坚决地：他已答应，再考虑一下。

谢虹有些慌乱：别太为难，其实我对拍电影不是太感兴趣。

夏宗华把一本杂志递给谢虹：喏，我的一篇影评发在上边，提提意见。其实我是随手写点儿，他们倒很重视，非让我参加颁奖会。

谢虹的眼神一亮：你的影评获过奖？

夏宗华不答。他抬手看了下表：我该走了，再晚又要撞上谢霓。唉，虹……咱们要有一个自己的世界多好！

谢虹自然而然地接受了那亲昵的称呼。她皱眉看了看谢霓的床，不情愿地站起身。

48. 谢家花园　初冬　雪　晨

园中雪花飞舞，朦朦胧胧。花卉上都罩着塑料薄膜。

景幻清扫着薄膜上的落雪。

柳楷和谢霓在小声谈着什么，不一会儿，谢霓离去。

景幻向柳楷走来，怯生生地：柳大夫，那天……你生气了？

柳楷皱了皱眉，他对这个称呼不很适应，他怔了一下明白了景幻所指：没有，没有。没想到你还会画画儿，我只是惊奇，不会计较的……（他掩饰着心态，尽量显得很豁达。）

景幻没有看柳楷，低沉地：我小时候的画儿讨人喜欢。大了，我觉得自己的画儿越来越能表达内心的想法。可别人说，我画得越来越不好了。我想，可能是我的眼睛出了毛病，要么就是别人的眼睛出了毛病。

柳楷很不是滋味儿，他想弄懂是不是景幻在戏弄他。

景幻的目光十分真诚，没有一丝取笑的意思。

49. 养花老人院门口　初冬　雪　外

谢霓、柳楷、景幻三人钻出雪幕，来到一扇油漆斑驳的大门口。

谢霓拍响了铜质的门环。

柳楷手提着一盒用塑料薄膜包住的花。

景幻小学生似的站在柳楷旁边。

一个瘦小的老头儿探出头来，向谢霓点点头。

50. 养花老人的庭院　初冬　雪　外

瘦老头儿引着三人穿过幽暗的走廊，景幻四下里乱看，有点慌乱。

51. 养花老人的花房门口　初冬　雪　外

一位鬓发如银的老者坐在花房门口的藤椅上，透过飘舞的雪花，他像个童话中的老人。

白雪覆盖的小花房，也像是童话中的小房子。

谢霓从柳楷手中拿过那盆花：付爷爷，您看这花儿。

老者眼中迸出光彩，反复玩赏着：呵，这棵仙客来养得好，比我那棵强多了！

谢霓笑着把景幻推到前边：付爷爷，这花儿是她搞出来的。

老者：……这花儿，你是怎么培养出来的？

景幻半天不吭气儿，被谢霓逼急了，她用不情愿的口吻：用营养液。

老者不解：营养液？

景幻还是不语。

谢霓结结巴巴地：营养液就是……根据水培花卉的种类，把什么硝酸钠啦……过磷酸钙啦，等等，按一定的比例配在一起。您看这株仙客来一年能开一百多朵花呢！

老者拈着银髯，点头向景幻微笑：小姑娘，欢迎你常来。

景幻戒备的神情仍未消逝。

谢霓和柳楷有些尴尬。

老者不介意：这棵仙客来先放我这儿，过些天，你来取好么？

谢霓赶忙代答：行，行，行，就先放您这儿吧！

景幻不表态，向老者投去探究的目光。

老者笑了：当然，我也要请你们看看我的花儿。他起身让开门走进花房，向景幻招了招手。

景幻迟疑地跟了进去。

柳楷、谢霓也跟进花房。

52. 花房里　初冬　雪　内

花房不大，培养的花卉都是名贵品种，每株花旁都立有一个小小的牌子，介绍名称、花期、株高和用途。

景幻的目光发亮了：昙花……怎么会在这时候开呀？

一盆昙花，叶儿被精心盘成一种扇面形，碧叶像绿翡翠，两朵娇鲜的昙花玉雕似的闪着光。

老者朗声大笑：我不仅会使夜晚的花白天开放，而且会使春季的花开在冬季，冬天的花开在夏天……哈哈……你认为不可思议么？

景幻解除了戒备：不，我认为什么都可以做到，只要是自由的。

柳楷和谢霓意外地面面相觑。

老者睁大了睿智的眼睛和善地：说得好！那么一切都是自由的了。对么？

景幻的眼睛亮得像两团星火：您……您见过弧光么？

柳楷和谢霓又对视了一眼，担心地望着景幻。

老者并不惊奇，从容地微笑着：没见过，但它可能存在，一切都是可能存在的。

景幻忽然变得像个天真的小女孩，向老者甜甜地一笑：过些时候，我一定来。

53. 谢虹房间　初冬　夜　内

谢霓伏在灯下作记录：我说，那个夏宗华很讨厌。一沾上你就没完没了，下次他再来，你甭理他。（没有反应，她抬头看向谢虹。）

谢虹两眼空落落地望着琴键发呆，过了一会儿她生气地：哎，我说，你打算让她在这儿住多久？咱俩老是这么挤着，太不方便了。

谢霓吃惊地注视着谢虹。

54. 景幻的房间　除夕　夜　内

景幻哼着一支儿歌，她打开自己的小木箱。把一只只玻璃小动物放了进去，又拿出别的小玩意儿，玩着、擦着。

桌上堆满了制作插花的各种材料。屋外传来谢霓的喊声：景幻，春节联欢开始了！

景幻陷入一种自闭的状态中，她茫然地望着桌面。

55. 谢霓家客厅　除夕　夜　内

全家人围坐在一起看电视。

屏幕上，马季的单口相声。

谢霓调了一个台，是京戏。

谢霓又调了一个台，屏幕上出现了千篇一律的歌舞，她生气地：大年三十还是这些，真没劲！她关闭了声音，那些跳舞的人像是出了毛病，显得很滑稽。

谢虹突然站起身，向大家嫣然一笑：我要向大家宣布一个公告。

大家静了下来。

谢虹做了个优美的芭蕾姿势：我——要结婚啦！

谢自宁和文波同时一震，马上又显得不露声色。

谢霓担心地看着谢虹。

谢虹得意地：你们吃惊啦！一定都在猜测那一位是谁，对吧？

谢虹：这位就是未来的电影导演，现在的副导演——夏宗华先生。他曾进修于电影学院。

谢自宁、文波终于松了口气。

谢霓一直用奇怪的眼神看着谢虹。

56. 谢虹房间　除夕　夜　内

黑暗中，谢霓一股轻视的口吻：你这么个高傲的天鹅，怎么这么快就向一个男人投降了，更何况，居然是夏宗华……

谢虹困倦地打着呵欠：是他主动匍匐在我的石榴裙下的，懂吗？

谢霓讥讽地：你一定是看上他那表面上的帅劲儿了。

谢虹厌烦地：行了，用不着你来教导我，叫人担心的倒是你。小心那小疯子把你的柳楷给拐跑了。

谢霓生气地：扯淡！

姐妹俩都转过身去。

57. 谢家客厅　春节　晨　内

两座风格迥异的插花摆在桌上，插花下各压一张纸条，上面分别写着"谢霓"和"谢虹"的名字。

谢霓的插花是马蹄莲与郁金香组成，雪白和鲜红的色彩互相辉映，格外热烈、明亮。

谢虹的是一束加工后的黄色秋秸弯成的凤尾，两棵麦穗和一束洋洋洒洒的白色小花儿像清晨的雾。纤秀、典雅。

姐妹俩各捧礼物惊叹不已。

里屋传来文波的喊声：小虹，小霓，你们过来一下。

58. 文波卧室　春节　晨　内

谢虹、谢霓呆住了。

谢自宁正用放大镜看着一座大型插花。

文波激动不已地转着圈观看插花。

柳楷站在稍远处。他眯着眼在看大效果。

这是一个扁圆的钧瓷瓶。上面是一丛长得极茂的珊瑚（实际是药物处理后的藤萝）。后面是几根长长的孔雀翎毛。前面是两朵玉雕似的昙花。整个插花雍容华贵。

谢霓脱口而出：这昙花跟付爷爷家的一样。

柳楷：没错。经过药品处理倒是可以长期保存。

文波抬起头：你带她去付爷爷那里了？怎么也不跟我们商量一下。

谢霓：哪能事事请示呢，我只是想让他们交流一下养花经验……

文波面有愠色，想说什么又咽了回去：这孩子，真不懂事。

谢自宁岔开话题：倒是有点儿日本花道的味道，你说呢，阿波？

文波不置可否地看了看他。

谢自宁：下午你不是有日本客人吗，正好叫人家评价评价。

谢霓：摆到工艺品商店，准能打破头。

谢虹：别那么夸张。你说呢，柳楷？

柳楷双臂抱在胸前：卖个千儿八百的没问题。

谢虹一撇嘴：钻钱眼的脑袋。

柳楷不以为然：既是商品社会，谁也别太清高……依我看，可以和工艺品公司签合同，由他们代销，利润分成。这笔买卖要是做成了，解决的不仅是景幻的衣食，她就会相信自己是个有用的人，是个被社会承认的人。这是对精神病最好的治疗……你说呢，谢霓？

文波、谢虹、谢自宁的脸色都不好看。

谢霓兴奋地：可以试试。可以试试。

文波：小霓，不要脑袋一热就乱说。我们这样的家庭。提什么买卖、合同的。别赶那个时髦。

谢霓顽皮地做了个鬼脸。冲柳楷一笑。

59. 谢家客厅　春节　日　内

文波、谢自宁陪两位日本女客用茶。

小保姆收拾着碗筷、杯盘。

客人甲：……这样说定了。我们该回去了。

文波站起身：是不是到卧室休息一下？

客人乙：谢谢，不用了。

客人甲乙站起身。

文波焦急不安地搓着手，她求助地看着谢自宁。

谢自宁略一迟疑：阿秀，把里屋的插花送到小霓她们那儿去。

小保姆不解，她没有动。

谢自宁着急地：快点呀！

文波和客人客套话别。

小保姆抱着插花向门口走去。

客人们未留意插花。

文波拦住小保姆：慢点，阿秀，要这样拿。

客人甲：好漂亮的插花。

文波顺势把插花放在桌上：三木夫人对插花艺术有研究？

客人乙：夫人是懂得花道的。

文波：这插花还可以吗？

客人甲：夫人，这座插花色彩鲜明而不失协调。造型怪异而不失典雅，是插花艺术中的上品。不过有几处地方……我可以见见作者吗？

文波犹豫了一下，微笑着：哎呀，很不巧。她恰恰不在。

客人乙：刚才我看到府上有二位小姐，不知是哪一位？

客人甲：我竭诚欢迎她来日本做客，夫人。我对花道很有兴趣，也有不少这方面的朋友和熟人。如果小姐打算去的话，我将保证提供与日本同行交往的一切机会……

文波抑制着兴奋：谢谢，真是太客气了……

客人甲、乙交换了一下眼色。

客人乙从包里拿出一个做工精细、手持花束的日本桃偶：夫人，这是我们的一点儿心意，请务必代我们转交给插花的作者。

文波迟疑地接了过来：谢谢……

门外什么东西被碰倒了。

文波敏感地：谁在外面？

60. 谢虹房间　春节　黄昏　内

谢虹爱不释手地玩着桃偶。

谢霓不满：人家说得很清楚，这是送给插花作者的。姐姐，你真是。

文波似乎下了决心：小霓，你就先让她在房间里摆两天吧。不过妈妈向你提个要求（转向谢虹）：你去向景幻学插花，尽快掌握技巧……结婚的事儿以后再说。我相信，我的女儿还不笨吧……

姐妹二人惊奇地看着母亲。

61. 景幻房间　春节　黄昏　内

房间里凌乱不堪。所有的插花材料都乱堆在地上。

景幻的脸色苍白。她精神恍惚地坐着。

谢霓推门进屋怔住了。

景幻连头都没回。

谢霓轻轻扳住景幻肩头：景幻，咱们去听音乐会，你不是很喜欢古典音乐吗？

62. 音乐厅　春节　夜　内

交响乐队在演奏舒曼的《第三莱茵交响曲》。

观众席上。人未坐满。柳楷已坐在那里。

谢霓拉着景幻入座。后排观众发出嘘声，景幻坐好。向周围望去。

谢自宁和文波坐在很远的一个角落里。

63. 谢虹房间　春节　夜　内

谢虹心潮起伏，她来回踱着步。

夏宗华两眼空落落地盯着钢琴：她们……不在家？

谢虹停住步，她双颊浮起红晕：都去……听音乐会了……

夏宗华坐不住了：那你怎么不去……

谢虹呼吸急促起来：你……你应当最清楚……

夏宗华的呼吸声也越来越重，他向谢虹走过去……

突然门外爆竹声骤起，把两人吓了一跳。

64. 音乐厅　春节　夜　内

谢霓、柳楷都没专心听音乐。他们观察着景幻。

景幻已忘记了不快。神情专注地看着乐队。

观众席上热烈的掌声。

指挥多次谢幕，但掌声依然很热烈。

文波看看观众席，又期待地看看台上。

谢自宁和善而狡狯地看着文波。

报幕员终于出来了：下一个节目……

文波屏住了气。

报幕员：请听女作曲家文波新谱写的一首钢琴协奏曲——《弧光》。

文波的眼睛闪闪发亮。

景幻吃了一惊，她全神贯注地听着……渐渐地她的嘴角浮出那阴惨冷笑。

谢霓悄声向柳楷：比原来的独奏要好。

柳楷纳闷地点点头：你妈怎么想到改成协奏曲了？我总听着有一种……说不出是什么感觉。

文波沉醉在激情里，一回头，猛地她看到了景幻的目光……她变得小心翼翼了……

65. 谢霓家花园　春节　夜　外

夏宗华和谢虹热烈地接吻。

大门响了一声，远处杂沓的脚步声传来。

夏宗华放开谢虹：我该走了。

谢虹不舍地：再待会儿嘛……

夏宗华大步走着：我不愿见她们。突然他怔怔地站住了。

对面的景幻死死盯着夏宗华，那目光既奇怪又吓人。

夏宗华的声音有些发抖：你好。

谢虹兴奋地：介绍一下，这是我的未婚……（她意识到了什么不再吭气。）

夏宗华像被施了魔法似的定在那里。

突然景幻微笑了，那是令人毛骨悚然的笑。

夏宗华竟然浑身一哆嗦。

谢霓慌了，她不知如何处理这僵局。

景幻回过身向谢霓投去锐利的一瞥。

66. 马路上　春节　夜　外

谢霓推着自行车从一边走来。

柳楷骑车满头大汗地从另一边过来。

谢霓：怎么样？

柳楷下车，失望地摇摇头。

谢霓不安地把车把转来转去：她肯定以为我和他们合谋把她骗去听音乐会，好让夏宗华和谢虹……唉，为什么早没想到不能让景幻在家里见到夏宗华呢，真是天知道……眼看院外治疗就有效果了……

柳楷皱着眉：你估计，她听到你妈和日本客人谈话了吗？

谢霓：肯定听到了，她的情绪一下子就全没了……不过，我妈那人并不坏，她只是……

柳楷揶揄地：当然，天下所有的母亲都希望自己的儿女比别人强，这太可以理解了。但是你注意景幻在音乐会听《弧光》时的神情了吗？我总觉得这个谜跟你妈有关……

谢霓打断柳楷：现在的问题是怎么才能找到景幻，我总觉得她可能要出事儿！

柳楷一拍脑袋：会不会又到妙峰山那边去了。

谢霓打了个哆嗦，她看看天色，又把目光投向柳楷。

柳楷跳上自行车。

谢霓随柳楷而去。

黑暗吞没了他们的身影。

67. 肿瘤医院门口　早春　日　外

谢霓和柳楷推着自行车走入医院。

68. 肿瘤医院病房　早春　日　内

景幻用小调羹把无核蜜橘一瓣一瓣地送到父亲嘴里，她熟练而轻巧的动作给人以美感。

谢霓、柳楷推门而入。

景幻抬头看了一眼，低头继续工作。

谢霓动情地抓住景幻的手：景幻，你真把我们急坏了，这几天你是怎么过的？你父亲病了，你为什么不告诉我们？

景幻慢慢抽出手，一声不吭。

柳楷观看着病床上的景宏存。

谢霓真诚地：景幻，我看我们之间有些……误会，总会解释清楚的，希望你给我机会。

景幻不语，唇边又出现了令人毛骨悚然的微笑。

69. 医院走廊　早春　日　内

谢霓：看来，我只好回避了，你把她每天的活动及表现都记录下来。

柳楷有一丝不易察觉的快活感。

70. 医院楼口斜坡　早春　晨　外

景幻用轮椅把景宏存从斜坡上推下，斜坡太陡，她双手死命拽住椅把，全身后仰，但仍无法控制轮椅下滑的速度，她像片被狂风卷着的小树叶子，不由自主地向下坠落。

景宏存安详地闭着眼睛。

景幻张大了嘴，顽强地闭上眼，等待着命运的判决。

柳楷从远处跑来，加速向轮椅冲去。

轮椅向旁边的水泥墙撞去。

柳楷一把抓住轮椅把手，自己被挤在水泥墙上。

景幻睁开眼，感激地看着柳楷，这瞬间，景幻很美。

71. 医院后院小花园　早春　晨　外

多年失修的小花园里，一片荒凉，石雕的残垣上堆满了积雪。

景幻戴上一顶鱼白色的旧毛线帽，她苍白的脸在晨光中呈半透明状。

柳楷帮景幻把景宏存扶下了轮椅。

景宏存睁开他那混浊的眼睛，坐在绿漆斑驳的长椅上。

柳楷研究着景宏存。

景宏存的眼睛不停地转来转去，仿佛在看幽冥世界。

景幻兴致很高，她把枯枝、石子什么的堆在轮椅的底座里，又从那儿拿出一个小肥皂盒，俯身轻柔地：爸，我给你表演个小节目吧。景幻拿起蜡管沾着肥皂水开始吹泡儿。

彩灯笼似的肥皂泡儿在阳光下闪耀，五光十色。

景幻旁若无人地鼓着腮帮子吹着。

太阳升起来了，暖融融地照着，树上落下的雪粉像蒲公英的绒毛，到处飞舞。

景宏存混浊的眼珠定定地望着一个个闪亮的肥皂泡，竟慢慢地流出了泪水。

景幻挥着瘦胳膊，向上赶着肥皂泡，她累得满脸通红：喂，帮帮忙！……

柳楷被她的情绪感染了，他认真地赶着。

一个很大的、亮晶晶的肥皂泡儿在清澈的气流中缓缓上升，反映着各种虹彩。

景幻担心地：轻点儿，轻点儿……

柳楷一使劲儿，那肥皂泡儿破碎了。

景幻长吁一口气，又举起蜡管吹了起来。

柳楷匀速地挥动手臂，终于几个肥皂泡像圣诞灯泡似的挂在雪松的枝条上。

景宏存出神地盯着那个最大、最漂亮的肥皂泡儿。

那肥皂泡儿终于在阳光下消逝了。

景幻迷幻地张着嘴，盯着树上：爸爸，这是我送给你的礼物，像小时候送给你的礼物一样。

突然景宏存开口了：我看到了，懂了。（他的声音喑哑而幽远，像是从地底下发出。）

柳楷一惊：您看到什么了？

景幻也睁大了眼睛看着父亲。

景宏存像是突然注入了精力：肥皂泡儿破裂的刹那，是最美丽的，在它完整的时候，被风吹得飘来飘去，它只能反射太阳的光线，而它本身是无彩、无色的……

柳楷下意识地：可是，正因为它无色无彩，你便可以把它想成任何色彩。

景宏存微微一笑：这话很聪明……它虽然转瞬即逝，可它的确存在过，这就够了。

景幻的眼睛闪闪发亮。

景宏存的声音潇洒起来：一切都是转瞬即逝的，我们生活着的宇宙就是一个偶然性的宇宙，宇宙是可以寂灭的，但生命不会完结。

柳楷信服地点着头。

景宏存声音又弱了下去：我这一生太不足取，我只是像只工蚁而不是像个人那样活着。人类……比他们对自己认识的要聪明得多……我的时间不多了，去吧，去找那把……通向人类最高才华的钥匙吧……像一个人一样地……活着……

景幻的眼里噙着泪水。

柳楷也被深深感动了。

老教授的头发在寒风中飘散、战栗。远远望去，像一团灰白色的火焰。

景幻、柳楷推着老物理学家，迎着刺眼的太阳走去，他们被白色的强光融化了。

72. 谢霓家庭院　早春　晨　外

谢自宁穿着一身运动衣裤在大范围地打着太极拳，他心绪不宁，焦躁不安，不时望一望景幻住过的房间。他收住招式，轻手轻脚地走到谢虹房间窗口，小声地：小虹，景幻有消息吗？她……

73. 谢虹房间　早春　晨　内

桌上的台灯还亮着，谢虹两眼通红，手捧着一本插花资料在苦思冥想，她面前摆满了插花材料。听到父亲的问话，她头也没抬：谢霓一大早就去柳楷家了。

74. 谢霓家庭院　早春　晨　外

谢自宁有些茫然，他无所用心地踱着步。

文波懒洋洋地出门刷牙。

谢自宁：阿波，你好几天没去团里了，曲子不排练了？

文波：这些日子，人们又热衷起电子音乐了，我实在……

谢自宁：阿波，他们能搞，你就不能学学。……阿香，给我准备大衣……

文波第一次用一种异样的目光看着丈夫，她沉思了一会儿，猛然返身进屋。

75. 谢虹房间　早春　晨　内

谢虹发疯地把插花资料都扔到地上。

夏宗华推门进来：怎么了？

谢虹双手抱头：这该死的插花，我怎么就没一点灵气儿，烦死了。

夏宗华：自寻烦恼。

谢虹倔强地：你来帮我！你不是很有艺术灵感吗？我就不信，我连个精神病都不如，超不过她，我就自杀。

夏宗华淡漠地：这东西枯燥得很，我还是给你讲点摄制组有趣的经历，好吗？

谢虹烦躁地：哎呀，又是那一套恋爱游戏，我不听，早就听腻了。

夏宗华痛苦地摇摇头倚在门框上。

令人痛苦的沉默。

夏宗华抑制着不快：虹，你就不能听听我内心的苦楚吗，整天没完没了地做戏，到你这儿还要这样吗？难道没人能理解那个真实的我，甚至连个容纳我的地方都没有……

谢虹爆发了：理解你？可谁又理解我了？你太自私了，你心里只有你自己，这个世界上，只有疯子才会爱你……

夏宗华的眼睛湿润了：你说得对，只有她无声地接纳了我，可我却……

夏宗华默默地转过身，推门走了。

谢虹用陌生的目光送夏宗华离去。

76. 肿瘤医院病房　早春　日　内

景宏存面部浮肿，病势严重。

柳楷：护士长，对他这样有过贡献的老知识分子，是不是给点儿适当的照顾……他是我国物理学界……

护士长不耐烦地打断柳楷：到医院来不要谈什么职务、贡献，都是我们的病人，您说哪点儿我们没照顾到？……至于您提出转高干病房，那是违反制度的，我也没这个权力。

小护士反感地：别跟他废话，护士长，他又不是病人家属。哼，想住高干病房，也不看看自己的级别。

景幻的脸色变得灰白。

景宏存嘴角露出一丝苦笑，突然他喘不上气来……

柳楷：护士长，快给病人输氧吧！

护士长和门外的大夫说着话，像是没听见柳楷的话。

柳楷突然也像景幻过去一样，脸上漾出一丝冷笑。

77. 柳楷家　早春　黄昏　内

柳楷全家在吃饭，谢霓风风火火地进门。

柳母忙招呼谢霓，并添了副碗筷。

谢霓毫不客气地落座，她摆出一副品尝大师的样子：这菜真好吃，伯母，我怎么没见过这菜？

柳弟笑了：是野菜。

众人哈哈大笑。

柳父一口喝干了杯里的酒：爱吃，让你伯母做点儿，带回去给你父母也尝尝。

柳母嗔怪地看了柳父一眼：人家可不稀罕这些玩意儿。

谢霓边吃边漫不经心地：怎么还没回来？

柳母：这几天他特别忙，再等会儿许能回来。

柳父不满地：连着几宿都没在家住，我看这小子有点不正常了。

谢霓一怔，她思考着什么。

78. 肿瘤病房　早春　黄昏　内

景宏存在吸氧，他的面目已肿得难以辨认，眼角、嘴角不断涌出黏液。

景幻不断用毛巾给景宏存擦着黏液。

柳楷站起身，伸了伸懒腰，焦灼地转了几圈，从衣架上取下大衣穿着：我回去备课了，明天……

景幻那无望的目光比乞求更使柳楷为难。

柳楷又解开大衣的扣子。

79. 柳楷家　早春　夜　内

柳楷疲惫地推开门，看到谢霓，有气无力地点点头。

柳母给柳楷端上洗脸水，又去盛饭。

柳楷：我吃过了。

柳父不悦：在哪儿吃的。

柳楷没有回答，他走进了自己房间。

80. 柳楷房间　早春　夜　内

柳楷和衣躺在床上。

柳弟礼貌地：哥，回来了。看到谢霓进屋他忙收起功课退出屋。

谢霓默默地踱步：她看着柳楷，满腹狐疑。

柳楷抬手看了下表，挣扎着起身、穿大衣。

谢霓站住盯住柳楷。

柳楷：不能不去，她一个人害怕。

谢霓诡谲地：柳楷同志，你可要注意了！我提醒你，你好像……有爱上她的可能。

柳楷用开玩笑的口吻：这不是正合您意吗？

谢霓一扬眉毛：扯！我不过是要让她爱上你，可没让你去爱她，你的职责是记录她的情绪和活动，帮助我院外治疗，如此而已，你要弄假成真看我怎么治你。

柳楷不知如何作答，他突然冒出一句：别那么敏感……

81. 肿瘤病房　早春　夜　内

小酒精炉上煮着面条，景幻往锅里打鸡蛋。

景宏存吃力地欠着身子，一双贪婪的眼睛，死死盯着那可怜的吃食。他喉头"咯咯"作响，含混不清地发着怪音，生怕别人抢走他的食物。

柳楷不解地注视着景宏存：难道他研究一生的物理世界都在这只锅里？

景幻答非所问：我把爸爸几十年的欧米伽老爷子表换了鸡蛋。

突然，景宏存开始抽搐，他呻吟起来。

景幻感到一种莫名的恐惧，她依偎着柳楷，紧紧抓住柳楷的手，一动也不敢动。

柳楷无助地看着景宏存：今晚这是第三次了。别怕，有我呢！他把景幻向怀里拉了拉，眼中流露出怜爱的神色。

景宏存终于睡着了，他嘴角又流出黏液。

景幻也靠在柳楷肩上睡着了。

柳楷小心翼翼地把景幻放在折椅上，给她盖上旧线毯，轻轻走出病房。

82. 医院走廊　早春　夜　内

玻璃窗上结满了厚厚的冰凌。

整个世界，死一样沉寂，只有柳楷的脚步声单调地响着。

一阵哭声打破静寂，一辆平推车推着裹着白布的尸体缓缓走来，一个男人领着两个孩子跟着平推车，那令人心碎的号哭声把整个病房笼罩在愁云惨雾之中。

柳楷目送着那行人消失在走廊尽头，他突然打了个寒噤嘟囔着：癌病房……

柳楷看了看映在玻璃窗上的自己，揉了揉发黑的眼圈：一定要好好活着。

寂静中又传来一阵压抑着的哭声，柳楷抖起精神循踪寻去。

走廊的阴影里，景幻披着线毯低声哭泣，她脸上的头发被泪水粘成一缕一缕的。

柳楷默默地看着她。

景幻把脸转向窗外呜咽着：我爸爸要死了，今晚。

柳楷平静地：别瞎想，你太累了，去躺一会儿吧。

景幻止住哭，揩干泪水：真的，他要死了。我刚才梦见他来到那口湖边，就是我常梦见的那地方。可湖上没结冰，流着蓝盈盈的水……

柳楷目瞪口呆：景幻，景幻。

景幻像是没听见：湖畔是一座森林，仙境似的，我爸爸和一只梅花鹿在聊天。他安详而快乐，跟生前抑郁、焦虑的神态，一点儿也不一样。那个养花老头儿也在那儿,他的脸被很浓的雾挡着,一点儿也看不清,他穿着古老的道袍,像个老道士……(她嘴里冒着白气。)

柳楷再也听不下去了,他猛地摇着景幻的肩膀。

景幻"啊"的一声后不再吭气儿了,她的脸冷若冰霜。

不知哪个病房里传来"啪"的一声响。

83.肿瘤病房 早春 夜 内

景宏存像睡着一样,安详地躺在病床上死了。他脸部的浮肿突然消失了,身子显得很小,脸变成紫棠色。

奇怪的是病床下只剩下一只拖鞋。

煮挂面的锅旁有一只死老鼠,另一只拖鞋扔在旁边,那锅挂面却安然无恙。

病房门口,柳楷和景幻默默地看着一切。

景幻冷冷地进出几个字:打电话通知他们。

84.医院传达室 早春 夜 内

柳楷在打电话。

传达老头儿披着衣服坐在床沿儿,不满地看着柳楷。

隔着玻璃听不见柳楷在说什么,只能看到他愤怒的表情。

85.肿瘤病房 早春 夜 内

柳楷满头大汗地推门进来:总算通了,……他呆住了。

病房里,景宏存身着毛料制服。景幻在收拾水盆和擦身用的毛巾、废纸……

柳楷惊奇地看看景宏存,又看看景幻:你自己给他穿的衣服?

景幻不语。

柳楷神经质地:这不可能,这怎么可能?……

景幻开口了:他平时很克己,孤情寡欲的,这是他一生中惟一的毛料衣服。

柳楷恢复了平静:他享受了一辈子高薪,钱都上哪儿去了?

门被推开了,几个白衣健儿"全副武装"走到床前,一句话未说就装麻袋似的把景宏存装进裹尸布,搭上平板车,整个过程麻利而快捷。

景幻漠然地看着,好像此事与她无关。

86. 医院走廊　早春　夜　内

平板车推着尸体行进,柳楷、景幻跟在后面。

突然走廊尽头爆发出不顾一切的号哭,景母和景致迎过来。

87. 八宝山殡仪馆　早春　日　内

工作人员:不行!他级别不够。

柳楷:那放在东院总可以吧?

工作人员:你别磨了,按章办事。

景幻嘴角又出现了那浅浅的冷笑。

柳楷站在那里不知如何是好。

两个干部模样的人匆匆走来。

甲:你们是景教授的家属吧!来晚了,来晚了,抱歉,抱歉……没等柳楷回答,他就握住了柳楷的手。

乙把手伸向景幻,景幻不睬,乙很尴尬地转向柳楷:我们都是景教授早年的学生,都很佩服他的为人,惊悉噩耗,我们真是非常悲痛……不知你们……有什么要求?我们一定尽力办……

甲看到柳楷莫名其妙的神情,马上补充:噢,我们……还代表学校……

柳楷满怀希望:你们能不能出个证明,景教授生前确已晋升到三级教授了。

甲乙二人面面相觑。

乙:这事儿不大好办,景教授生前的职称,校一级是已经通过了,但是……部里还没批下来,真是遗憾……

柳楷还想说什么,被景幻一把拉过去,景幻木然地:别说了,骨灰放在天堂和扔进厕所没什么两样。

众人目瞪口呆。

景幻撇开大家离去。

众人马上相随而去。

88. 售骨灰盒处　早春　日　内

景幻在一排排的骨灰盒前，仔细地翻看着每一个骨灰盒的标价。

柳楷跟了过来，他在身上摸着钱：挑好了吗？

甲乙两位同事讪笑着跟过来。

景幻指着一个非常精致的骨灰盒转身向柳楷：就要这个！

柳楷掏出了所有的钱，为难地向甲乙二位同事：钱不够，二位……

甲马上掏钱包：有……这里有……

乙对景幻：这个价钱有点儿……太贵了吧……您为什么不买这个……中档的呢？也很漂亮嘛……他指着一个中档骨灰盒。

景幻加大了音量：因为骨灰盒没有级别，可以随我挑！

人们神情各异。

景幻冷笑着。

89. 殡仪馆　早春　日　内

景宏存的遗体摆在正中。

景幻在父亲的遗像前摆上了一个鲜花做成的小花圈。

柳楷心神不定地帮着贴挽联，安放花圈。

景母被景致搀扶着，她哭得昏天黑地。

神情呆板的人们排着长队，依次向死者家属表示哀悼。

景宏存安详地躺着，他的脸被拙劣的化妆弄得红红粉粉的。

景幻终于怒不可遏：我不明白，为什么人死了，还要这样捉弄他！

呜呜咽咽的哭声一下子中断了，大家用一种看天外来客的目光盯着景幻。

景致一步跨出，他板着脸：怎么了，难道给父亲化妆不必要吗？

景幻冷若冰霜地看着他。

景母号叫起来：哎哟，她怎么这样说话啊……好像我们违背了老头子，可怜我的一片心呀……这可叫我怎么活哟……

景致扑到景幻面前穷凶极恶地：你向妈道歉，你给我马上道歉！

柳楷的血一下子涌上脑门，他把景幻护在身后。

整个气氛剑拔弩张。

几个中年妇女拉过景幻。

妇女甲：你这姑娘，怎么一点儿也不体谅妈妈，现在，最难过的就是你妈，要懂事、听话啊……

景幻的嘴角还是那丝冷笑。

周围的人窃窃私语，铁桶般的目光围着景幻。

甲：父亲死了，她怎么一滴泪都没有？

乙：听说她是精神病，刚从医院放出来……

丙：是吗？！怪不得呢……

景幻麻木的神情。

柳楷抵挡着这些箭一样的目光，刀一样的语言……他担心地看着景幻。

仪式继续进行，长长的队伍依次围着景宏存的遗体转圈，呜咽的声浪一浪高过一浪。

景幻咬着牙低声地：在这些痛哭流涕的人中间，就有杀害我父亲的凶手！

柳楷：可是他们中间也有人是真正的悲痛。

景幻摇摇头：假如他现在突然活了，这些悲痛的人们，又要琢磨着怎样去杀死他了。

柳楷注视着景宏存的遗体轻轻地：人，还不至于到这种地步吧。

景幻突然大声喊道：你们看那……

人们又一下安静下来。

景幻指着景宏存的遗体阴惨惨地：他……他的嘴角在动。

人们齐刷刷的目光转向景宏存的脸。

那张安详的脸奇怪地起了变化，死者的眼睛开了条缝，嘴角向上吊着，真的好像是微微抽动了一下。

各种心态的人们呼啦一声四散逃开，乱作一团，有几个人真的抄起了就近可取的"家伙"。

柳楷痛苦地审视着每个人的灵魂。

景幻第一次这么开心。

景致搀着景母狼狈逃过景幻身边：马上我就给精神病院挂电话，让他们再用电棍打你！哼，叫你丫挺的美，呸！

一口唾沫吐在景幻脸上。

柳楷气愤地：你，你怎么这样！

景致放开景母，解开领口的扣子：你小子少管闲事儿！（他心安理得地离去。）

景母也如释重负地离去了。

大厅里只剩下柳楷和景幻。

景幻傻呆呆地站着。

柳楷用手帕揩去景幻脸上的唾液。

突然景幻发出一声凄厉的叫喊，她抱紧柳楷，全身痉挛。

柳楷：你哭，你哭吧，哭出来就好了。

景幻终于哭出了声，汹涌的泪水把柳楷的前胸都湿透了。这是压抑了长久的泪水。

工作人员：你们打算和几个遗体告别？

又一具被化妆得红红粉粉的尸体被抬上来。

90. 柳楷家　早春　夜　内

谢霓放下柳楷的记录，久久不语：这么说，你进展得很顺利?

柳楷有些窘：星期天她约我去谈谈，最近……我很矛盾。

谢霓敏感地：矛盾什么？

柳楷一怔，马上接着说：最近一段，我简直成了学校的编外人员，主任对我的表现很不满意。（这些话显然不是他原来要说的话。）

谢霓理解地点点头：明白了。

柳楷：那你说我去不去呢？

谢霓：当然去。这是最后的关头了。她已爱上你了，马上就会向你暴露她的全部内心秘密，她正在按我们的引导逐渐地把受压抑的创伤性材料带入了意识，弗洛伊德胜利了……你退居二线的日子也为期不远了。最近，我和郑大夫的关系多云转晴了，他说只要我一取得突破性的成绩，他就负责向国外推荐我的论文。

柳楷对谢霓的忘形不快：不那么简单，女心理学家，世界上除了弗洛伊德、郑大夫、论文，还有千奇百怪，许多许多。

谢霓：这好像是景幻的语言。

柳楷抬起头无望地看着谢霓。

91. 养花老者庭院　早春　日　外

景幻认真地开辟着一块花圃。

养花老者忧虑地望着瘦弱的景幻。

景幻脱下工作服，套上自己的外衣，突然她停住了，她慢慢地从衣袋里掏出一沓人民币，她的手狠狠地捏住钱，不断地使劲撕钱，慢慢地她的手放开了钱，她的手颤抖着……

一阵冷风吹过，庭院里的花颤栗起来。

景幻泪流满面。

柳楷从门口走来，他吞吞吐吐地：景幻……你的身体……突然他转了个话题：其实，你不该太难过，人死了……

景幻古怪地笑了：你错了，我并不爱他，我早就厌倦了，我盼他死，我的悲伤是为我自己，我从来也不相信，一个人会真为另一个人悲痛，再说他也不是我的生父。

柳楷又是一个目瞪口呆。

92. 冰湖　早春　黄昏　外

一块三面环山的小高地，依山处有个小小的冰湖，周围长着低矮的灌木丛，竟与景幻的梦境没有两样。

柳楷把自行车锁在大树后面。

景幻的脸上淌着汗，她温柔地看着柳楷。

柳楷把一大块塑料布铺在树下，饿了吗？

景幻点点头。

柳楷忙着拿食品、开罐头。

景幻心事重重地望着冰面，她显出一种悸动。

柳楷递过夹着凤尾鱼的面包，两个人默默地吃着。

景幻突然开口了：你真好。

柳楷预感到什么，他有些紧张。

景幻天真地：上回，在她们家里，我没有送你礼物，你生气了吧？她从挎包里掏出一座插花。

这是个很别致的微型插花，底座是个海螺，上面弯弯曲曲地盘起一种细藤子，还插着两枚厚厚发黄的叶子。

景幻：喜欢吗？

柳楷感动地：很喜欢……

景幻的眼睛闪着异彩，像个精灵。

柳楷被一种无形的力左右着，他把嘴轻轻地伸了过去。

景幻丝毫未躲避，她轻微地眯着眼睛。

柳楷的嘴唇和这双眼睛一起颤抖着……

景幻的眼睛在昏暗中流出两点晶莹的东西：我没见过我亲妈，是景教授收养了我。（景幻怕冷似的向柳楷身边依偎着。）

柳楷伸出胳膊，小心翼翼地搂着景幻，仿佛景幻是个玲珑剔透的玻璃人儿，一用劲儿就会碰碎似的。

昏黄的太阳有四分之三落到地平线下。

两人依偎在一起的剪影。

景幻：现在的这个女人我从不叫她妈妈。她表面上很温和，很胆小，可实际上非常可怕，她有一种吃人的本事，能把人一个个的放进嘴里，吸干他们的骨髓和血，然后把骨头渣子吐出来。我爸爸就是这样让她给嚼了……我也让她嚼了一半，可我的另一半还活着，我比爸爸难对付，我是个女巫。

柳楷打了个寒噤，用一种痛楚的目光看着景幻：你说的我很难懂。

景幻理解地点点头，她从书包里掏出两个日记本：都在里面，只准你一个人看。

柳楷郑重地接过日记本，他眼睛湿润了。

沉默，长时间的沉默，天全黑了，他们沉浸在黑暗中。

景幻：多像我梦中的那个地方……

柳楷：你是怎么发现这个地方的？

景幻把脖子缩进肥大的棉袄里：不知道，我只带两个人来过这儿，不准你把这地方告诉别人。

柳楷发誓地：我保证！那另一个人是谁？

景幻坦然地：夏宗华，我过去的男朋友。

柳楷怔了一下。

景幻：你愿意听听我的故事吗？

柳楷心情十分复杂：当然，来，过来一点儿，这风太冷了。他把景幻揽到怀中，用他那条厚厚的围巾把景幻裹得严严实实。

景幻的眼睛在黑暗中很美丽，她的声音很弱：我很早就认识他，还是戴红领巾的时候，他很聪明，各门功课都拔尖儿，那时候我很崇拜他……后来他下乡了，回城后他仍然漂亮、聪明。可不知什么地方变了，尽管这样，我依然爱他，什么都让着他，因为我需要爱一个人，于是就爱了他……

柳楷担心地：可是他爱你吗？

景幻突然不耐烦地站起身：不要问了！我知道你们是有目的的，想拿我做饵去钓鱼……

柳楷不自信地说：不，不是这个意思，我们……我没有……（他说不下去了。）

又是难堪的沉默。

柳楷：我们回去吧。

93.柳楷卧室　早春　夜　内

灯下，柳楷边看景幻的日记，边奋笔疾书。

谢霓推门进屋：谢虹和夏宗华"五一"结婚。

柳楷慌乱地合上日记本：这么快？

谢霓走到写字台前：谢虹说出国前先结婚，真不知她是怎么想的！她伸手去拿日记本。

柳楷神经质地一把按住日记本：别动……

谢霓吃惊地：怎么了？

柳楷掩饰着：没怎么，等我整理好再看吧。

谢霓伸手去抢：我偏要现在看！

柳楷固执地紧抓着日记本：那不行！

谢霓的脸红了，伸出的手慢慢缩了回去：有什么不可告人的？

柳楷反常地一步不让：什么也没有，就是不想现在给你看！

柳母端着一盘冻柿子闯进屋：小霓，这柿子可好吃了，你尝尝……柳母狠狠瞪了柳楷一眼。

谢霓缓和地拿起一个冻柿子啃着。

柳楷也松弛下来，他拉开抽屉，塞进日记本。

屋里的空气平和了，柳母退了出去。

谢霓平静下来：明天去滑冰吧。

柳楷也想弥补刚才的冲动：行啊。

谢霓兴致又来了：那你准备些吃的，明天我带你去一个地方滑野冰。

柳楷一拍脑门儿：哦，对了，明天不行，约好了的，有事儿。

谢霓盯了柳楷一眼：和谁？

柳楷不知为什么有点结巴：和……景幻。

谢霓倚在门框上：不说，我也猜到了。

柳楷不自然地站着，他根本没想辩解。

谢霓变得非常冷静：你爱上她了！我早就料到会有今天。不不不，你什么也不要说，我想知道的只有一点——你是不是真正了解她？景幻这个女孩子内心世界很复杂……注定了这辈子要走一条坎坷的路，你能为她做出根本性的牺牲吗？这点儿你可得想好了，如果能，我一定成全你们，如果不能，那你趁早刹车，否则会毁了你们俩，懂吗！

柳楷头脑里一片空白。

谢霓从容不迫地戴上口罩、帽子和手套：好好想想，男子汉！我们这种年龄早已不是做爱情游戏的时候了。用你的脑子想，不要用心想！她走出了房间。

柳楷呆站着，谢霓的脚步声远去……

94. 冰湖　早春　黄昏　外

冰上，两支冰球队打着比赛。鲜艳的运动服在黄昏的光线中煞是好看，运动员们来往穿梭，熟练自如。

柳楷和景幻还是坐在老地方。

柳楷有些拘束。

景幻：其实真没什么好谈的。夏宗华根本没爱过任何人，他把恋爱看作战争，他认为要取胜就不能动真情。在外人看来，我们是朋友关系，可实际上，我们的关系很古怪，他确实离不开我，但是只把我当作发泄他喜怒哀乐的接受器，对我的一切，他根本不想知道。

柳楷：他这么自私！

景幻：人都自私，在这点儿上，我没有奢求，我对他好，只是一种感情上的需要，并没指望得到回报，也许正因为这种准则，我们才相处了这么长时间。

柳楷：他要结婚了。

景幻一笑：和谢虹？他们结不成婚的。

冰面上。裁判员吹响了哨子，冰球队员们无可奈何地重新开球。

柳楷画外音：为什么？

景幻画外音：我是个女巫。

岸边。柳楷浑身一震，他环顾四周定了定神：我一直认为你是个善良的姑娘。

冰面上。冰球队员们互相敌意地对视着。

景幻冷漠的画外音：不，我很恶，我觉得世界上最没价值的字眼，就是善良。

景幻的画外音：可我觉得对你父亲，对夏宗华，还有对……我，你都是很善良的。

岸边。景幻又有些烦躁了：我说过了，那是一种感情上的需要，谈不到什么善良。

冰面上。一个队员恶狠狠的一计重板，球进了。

柳楷画外音：其实，夏宗华这样的人不值得你爱。

景幻冷漠的画外音：什么值不值得！你以为感情这东西，还有可以计算的成分吗？……

冰面上。队员们拼着、撞着，互不相让。

景幻画外音：我不觉得他比别人讨厌，和那些"正人君子"比，他更真实些，凡是人的弱点和劣根性他都有，而他也不想在我面前隐瞒。

裁判员拼命地吹着哨子。

岸边。柳楷：就是跟他分手了，也没必要那么伤心，身体要紧。

景幻笑了：你们在想象中，我是因为失恋才得病的吧？我从来没被人爱过，也谈不上失恋……我太明白了，他从来没爱过我，甚至没把我当作一个女人。

柳楷小心翼翼地：那你们为什么分手的？

景幻凄然一笑：其实无论是家庭，还是夏宗华，他们都不能毁灭我。

冰面上。一方队员攻入一球，守门员气愤地拍打着网底，他把球使劲向场中扔来。

景幻画外音：能毁灭我的，只有我的工作……

柳楷画外音：什么？

景幻画外音：再也没有比这种工作更可怕的了。

柳楷画外音：一个街道工厂的出纳员，工作量不会很大吧？

冰面上。双方休息。各方教练在喋喋不休地跟队员们叮嘱着。

岸边。景幻吃力地：哦……那些印着咒语的小纸片啊……从早到晚都缠着我。

冰面上。裁判员鼓着腮拼命吹哨。

队员们气喘吁吁地又向场上走去。

景幻的画外音：我眼睛看到的，耳朵听到的全是数字，数字……我从小就讨厌数字，这些纸片偏又和我作对，总是对不上，别人下班了，我还是一遍一遍地数那些小纸片，一遍一遍地查账。

冰面上。冰球一会儿东，一会儿西，满场子乱飞，看得人眼花缭乱。

岸边。景幻茫然地：实在没办法，只好把自己的钱偷偷填进去……可总也填不满。

柳楷：是不是有人贪污？

景幻痛苦地：不知道。

冰面上。一方队员用身体挡住裁判视线，掩护自己队员犯规，对方队员被绊倒了，球落入这方队员手中，裁判没有发现。

景幻画外音：我只知道，我们有两套账，一套是对付上边的，另一套从来也对不上。

冰面上。队员们和裁判发生了争执，裁判员警告着争辩的队员。

景幻画外音：生活，和我们受的教育差距太大了……有些事儿，没有经历过就不会理解。

双方球队频繁换人，下来的队员疲惫不堪，换上的队员兴奋异常，跃跃欲试。

柳楷画外音：就换个工作嘛。

景幻画外音：不，我和爸爸一样，只能做工蚁的事……

队员们各司其职，忙忙碌碌地奔跑着。

岸边。景幻：我只想得到一小块儿自由生存的空间，只希望按照自己的意愿活上几天。

柳楷顿悟：这就是你折那些小房子的原因吧！

景幻不答，沉默了一会儿她向往地：假如一个人能够永远干他喜欢干的事就好了。

冰面上。一个队员严重犯规，裁判吹响哨子，那队员举手示意，他被罚下场去。

柳楷画外音：可实际上，这是不可能的，社会还没发展到那一步，也就是说，人的个性的全面发展，还缺乏条件……其实对工作的兴趣是可以培养的……很多人干的不也是自己不喜欢的工作吗？可时间长了，照样干得蛮好……

岸边。景幻：这是你的心里话吗？

柳楷怔了一下。

冰面上。受罚席上，拘谨地坐着那个被罚出场的队员。

景幻的画外音：你不觉得我们现在的生活很可怜吗？

柳楷画外音：可怜？

景幻画外音：我们像只工蚁而不是像个人那样活着。

一个队员犯规了。守门员被打倒在门前，透过护具，可以看到他的脸在痛苦地抽动，那样子既滑稽又可怜。

景幻画外音：假如强迫一个人去重复某种固定的职能，他永远不会成为一个完善的人，只能是只工蚁……

终场的哨音响了，队员们拖着疲惫的身体在换衣服，他们散了架似的离去。

岸边。柳楷争辩着：那还要不要规则呢？没有规矩、法则，世界就无法存在……

景幻盯着空旷的冰面没有回答。

柳楷随景幻目光看去。

冰面上的划痕都是由一个个小"8"字组成。

景幻冷笑着。

柳楷又感到周身发麻。

景幻：你会滑冰吗？

柳楷：还……还可以吧！

景幻温柔地：你教我好吗？

柳楷：好……好的。你不是已经在梦里滑过无数次吗？

景幻抬头看了看环境自信地点了点头。

95.谢霓家庭院　早春　晨　外

小保姆打开院门。

柳楷手拿一份记录站在门口。

小保姆：二姐不在，一大早儿就有一个男的找她滑冰去了。

柳楷有些不自在，他犹豫片刻还是走进客厅。

96. 谢霓家客厅　早春　晨　内

谢自宁专注地打着电话，好像是在组织什么活动，见了柳楷，他只客气地点了下头就仍打他的电话。

柳楷扫了一眼桌上的一个烫金证书。

那是钢琴协奏曲《弧光》的二等奖证书。

文波抱着一个镀金孔雀走出里屋：自宁，我看这奖品还是放在客厅吧……看到柳楷，她放下奖品，合上证书。

柳楷把手中的记录递上：这份谈话记录，请您交给谢霓。

文波冷漠地：好吧。（她等着柳楷的下文。）

柳楷欲言又止，尴尬地站着。

文波：还有别的事儿吗？

柳楷感到屈辱：那我……告辞了！（他大步走出客厅。）

97. 谢霓家庭院　早春　晨　外

柳楷差点儿和抱着一座大型插花的谢虹撞个满怀。

谢虹：哟，是柳先生，怎么样？这插花不比那小疯子做得差吧！她讽刺着。

柳楷忍不住回头看了一眼。

这是一座既无特色，又无生气的平庸之作。

柳楷抿嘴笑笑走出大门。

98. 谢霓家门口　早春　晨　外

柳楷开启自行车锁。

谢虹追了出来：听说你和那小疯子关系挺不错的，连她爸爸的丧事，都是你给张罗的。告诉你吧，那小疯子是个贪污犯，爸爸、妈妈早就让小霓撤了。

柳楷鄙视地：你是听夏宗华说的吧？

谢虹：是他又怎么样？

柳楷"哼"了一声，骑车离去。

99. 柳楷卧室　早春　夜　内

柳楷痛苦而又焦躁地踱着步。他穿上大衣向外走去，他的目光落在一幅彩色照片上。

金色的太阳里跑出一个少女。那少女很像是谢霓的体态，整个照片的色调和动态热情、奔放，充满了活力。

柳楷游移的目光变得充满了沉醉和留恋，渐渐地，他的目光模糊了。

柳楷解开大衣的纽扣，他慢慢走回床边，垂头坐下。

打开的电视机里传来透明、纯净的钢琴声。

柳楷抬头听着，他把目光投向电视机。

屏幕上，一个穿白色超短裙的少女在冰面上轻轻飘荡，那娇小的身影又极像景幻。清冷的月光洒向冰面。那轻柔、娇弱的少女像月亮一般美丽而忧伤。

电视中的解说词深沉而幽远：……这是一个美丽而又古老的传说：月亮虽然孤寂，但它透明而纯净，当五彩斑斓的太阳升起的时候，这个童话世界便被融化了……

柳楷的目光爱怜而向往。

柳楷的手下意识地扣着大衣的纽扣，他猛地站起身，他冲出房门。

100. 马路上　早春　晨　外

柳楷拼命蹬着自行车。

各色灯光不断映在柳楷脸上。

一会儿是黄光的暖色调。

一会儿是青紫色的冷调子。

交替转换的速度越来越快，一切都模糊了，画面上一片黑暗。

渐渐地，柳楷的脸从清冷的月光中钻出，他已是满头大汗。

101. 冰湖　早春　夜　外

景幻像只轻巧的小鸟迎过来：我还以为你不会来了呢！

柳楷歉疚地：那你还傻等……他掏出了冰鞋。

景幻也从破旧的挎包里掏出一双冰鞋：我总爱幻想，可这次是真实的。

柳楷从景幻手中拿过她的冰鞋试着刀刃。

景幻的花样刀上有锈，中间的糟也几乎磨平了。鞋上的皮子只剩下薄薄的一层，连鞋带都没有，用一根尼龙绳子拴着。

景幻：这是我从旧货店买的。

柳楷帮她修整冰鞋：你会有一双好冰鞋的。

景幻：我也这样想。……我一定会有一双好冰鞋！白色的、半高靿、雪亮的冰刀……像我梦里穿的那样……

天空中没有月亮，没有星星，但天很亮，像是白夜。风在轻轻地吹，灌木丛在沙沙响。

景幻小心翼翼地跨上冰面，奇怪的是她走得很稳。

柳楷吃惊地：真不能相信你是头一次上冰。

景幻快乐的神情。

冰结得很厚，很平，深层像是深绿色的玻璃。

柳楷拉着景幻的手在教她滑冰练习。

两个影子不断地变短拉长，重叠分离，仿佛有生命似的，有一种动荡的飘曳感。

突然柳楷站住了，盯着那映在冰面上的影子，神情紧张。

景幻奇怪地注视着他。

柳楷抬起头，长久地望着天空。

景幻也跟着向天空望去。

无星无月但很亮的天际。

柳楷的声音有点发抖：这是怎么回事儿，见鬼，没有月亮哪儿来的影子？……他又低头向冰面上看着。

冰面上分明是清清楚楚的两个修长的身影。景幻吃吃地笑了：

你不能理解的奇怪事儿多着呢！……

柳楷惊愕地看着那毫无惊讶神情的景幻：你……

景幻的脸被天光映得雪白，轮廓特别分明。

柳楷使劲地闭眼稳了稳神，不解地看着冰上的影子摇了摇头，拉着景幻向前滑去。

那影子很优美地变幻着，柳楷有些习惯了：咱们俩的影子很美。

景幻：可惜，人不美。

柳楷又抬头望着景幻。

景幻显得很美，由于热，她苍白的脸上现出了红晕，十分娇媚。

柳楷冲动地把她拉向身边：不，人也很美。

景幻：你真的这么认为吗？

柳楷：当然，我一直认为你很美。

景幻突然用一种调皮的声调：那你是个聪明人。我也觉得自己很美，只不过没被那些蠢货发现就是了！

柳楷第一次对景幻开起了玩笑：嗬，你可真是大言不惭！

景幻：你那点智慧就像我送你的插花中螺蛳壳里长出的那根小草，早就被挤压得弯弯曲曲的了！（她扭身就跑，竟跌跌撞撞地滑了好一段。）

柳楷赶忙追了上去，扶住她。

二人在冰面上慢慢地滑着。

景幻紧抓着柳楷的手慢慢松动了。她仿佛掌握了内在的韵律。

柳楷轻轻地拉着景幻，二人竟在冰上慢慢地悠了起来。两人在这自由和谐的运动中都感到一种愉快。

柳楷沉浸在一种要飞起来的感觉中，他侧目向身旁望去，惊呆了。

谢霓向他微笑着，轻轻地拉着他的手，洒脱地滑着。

柳楷浑身一震，猛然松开了手，刹住了冰刀。

谢霓被惯性抛向前面，她自如地转了个弯，又向柳楷飘来。

柳楷更加吃惊的目光。

滑过来的分明是景幻。

柳楷不相信自己，揉着双眼。

景幻笑着：你怎么了？累了吗？

柳楷掩饰地揉着太阳穴：我是怎么了？……好像有点头痛。低头向冰面看去。

奇怪的是刚才的影子不晃了。

柳楷又抬头看了看天。

月亮明晃晃地挂在天边。

景幻和柳楷坐在塑料布上。

柳楷打开书包把食品一样样放在上面：你真行，再有两次，就差不多了。

景幻：我觉得，很自然。真的，就和梦里的滋味儿一样。

柳楷莫名其妙地冒出一句：你和她太相反、又太相似了。

景幻低头拿着自己的挎包没听清柳楷的话：你在说什么？

柳楷赶忙回答：没什么，没说什么。

景幻：我也给你带来一点儿吃的。你闭上眼。我数到"十"你再睁开——

柳楷顺从地闭上眼。

没等景幻数到"十"，一个打开的小手绢就送到柳楷手里：哦，是瓜子儿！柳楷睁开眼，兴奋地喊出声来。

小手绢里包着满满一袋剥好的葵花籽。

柳楷奇怪地：你怎么知道我喜欢吃这个？

景幻微微一笑：我猜的。

柳楷吃着瓜子：那你给我算算命吧。他伸出了左手。

景幻认真地托起柳楷的手掌，看了一会儿没说话。

柳楷等了好一会儿：怎么了？

景幻用一种平淡的语调：没什么可说的。你的命很好。你活得很长。事业线的总趋势也是上升的。你的婚姻线嘛，和爱情线纠缠在一起，后来又分离了，这证明你的婚姻和爱情既相互结合，又相互分离，但无论如何，你未来是很顺利，很幸福的……（景幻突然顿住，匆匆往嘴里放了一块面包，仿佛在掩饰一种突如其来的忧伤。)

柳楷柔声说：怎么不说了？我听着呢。

景幻：没什么说的了，都是些荒唐的话。

冰面上静悄悄的，使人产生某种幻觉。

柳楷：那天，你还没有讲完……

景幻：什么？

柳楷：那件事……究竟是怎么回事呢？他们说你拿了钱……

景幻：我确实干了。原因很简单：摆脱。

柳楷：摆脱什么？

景幻：工作、家庭、夏宗华……摆脱一切，我再也受不了了！

柳楷把景幻揽在怀中，轻轻地抚慰着她。

景幻稍稍平静了些：夏宗华倒卖邮票，进了公安局，需要一笔钱……也许他们到现在还以为我拿钱是为了夏宗华，连夏宗华自己也这么认为。哼……

柳楷：那你拿了多少钱？

景幻：其实我拿的，还不如我填进去的一半……

柳楷：后来呢？

景幻：后来，我就成了……贪污犯。每个人都想在我身上实现他们的廉洁……大概发生了很多事情，当时我脑子很乱，已经记不清了……

柳楷：回家后，景致打了你，你就把十元的钞票给撕碎了，是吗？

景幻手里的面包被她捏得紧紧的：从那时起，我就恨钱这个魔鬼……我被开除，进了医院。夏宗华倒很真实，连表面文章也没做，就和我绝交了……

柳楷：这个卑鄙的家伙……那你今后打算怎么办呢？

景幻沉默良久，轻轻地：不知道……

柳楷振作起精神，郑重其事地：景幻，我们生活在一个讲究实际的社会中……要丢掉那些梦幻！……

景幻：其实，梦想和现实有时离得很近，而且是可以互相转换

069

的，这个地方……不就是我首先在梦里常常见到的吗？

柳楷有些不悦地：这……太偶然了……

景幻：不，没有幻想，没有梦，没有那些被你们所认为很荒谬的想法，就不会有今天的现实，今天的一切……

柳楷像看一个陌生人那样看着她。

景幻：我喜欢花，喜欢那些美好的东西，于是我就想方设法使它更美，改变它的颜色，香气和花期。我可以让夜晚的花开在白天，夏天的花开在冬天，这些……在古代人类的梦想中，不是只有女神才能做到吗？我做到了，我就是女神，懂得了这个，我就懂了我活着的意义；于是我又去把我的梦想变成现实，每实现一次梦想，就会登上一层生命的阶梯，在阶梯的最高层，放着那把爸爸说过的通向人类最高才华的钥匙……

柳楷被一种强大的力震撼着，他瞠目结舌，慢慢地他松开了景幻的手。一阵寒风吹来，他又打了个寒噤。

景幻一个人走到冰面上滑行，她的动作舒展自如了。风把她那顶小帽吹掉了，一头柔丝般的头发随她在冰面上飞舞。

远处传来隐隐的，类似地声、鹤鸣的乐声。

柳楷呆坐着，内心独白：我可以提出一千条理由来反驳她，可是那些理由都是别人的，……我至今还没有形成自己固定的想法，我只有一个感觉——谢霓的话是对的；她离我们太远了，远得使我感到害怕，我没有勇气跟她走出那古老的轨迹……那么，是收场的时候了……

景幻回到柳楷身边坐了下来：多美呀，就应当是这个样子……

柳楷把最后一瓶橘子水打开递给她：景幻，我想……跟你说一件事……他结结巴巴地口吃起来。

景幻的眼睛在黑暗中像两点美丽的萤火，她显得紧张而又激动地喘息着：不，你不要说……

柳楷：你知道，谢霓是我的女朋友，我们已经相处三四年了，可就在前几天，我们发生了冲突，是为你，她有些误会……你……你能帮帮我吗？（说到这儿柳楷把头低下了）：我们认识有半年了，你是个好姑娘，又聪明又善良，我也喜欢你……可是……（柳楷说不下去。）

景幻眼里那两点美丽的萤火在黑暗中熄灭了。她嘴唇颤抖着：我懂了，我会去……替你解释的。

柳楷没敢抬头：我不是这个意思，谢谢你对我的信任，我惟一希望的是你能永远记住我的话，你应当……打碎梦幻，回到现实中来，这都是为了你能好好地生活……我……是永远会记住你的。……（他自己也感到这话太虚伪。他一动不动地默坐着，直到手脚麻木才抬起头来。）

景幻也不知什么时候走了。

102. 谢霓家客厅　早春　日　内

谢霓抱着饼干筒边吃边说：她来过了，替你说了不少好话，看得出她是真心真意地爱你……

柳楷迫不及待地追问着：后来她上哪儿去了？

谢霓：不知道。会不会上养花老头儿那去了？

柳楷失魂落魄地站在那里。

谢霓放下饼干筒，笑着搂住柳楷的脖子：记录我看过了，你非常出色地完成了任务，谢谢你——远征归来的骑士！说着要吻柳楷。

柳楷恼怒地把脸扭向一边：她没有给我留下什么话，或者什么东西？

谢霓察觉到柳楷的恼怒，解释道：没有。也许这件事的结尾咱们做得不够完满，可无论如何，这几个月的院外治疗，还是对她产生了效果的……

柳楷怒吼：别说了！

谢霓吓了一跳，马上她若有所悟地从一个抽屉里把景幻画的那幅肖像递给柳楷：喏，就剩下这个了。

柳楷接过那肖像看着。

谢霓画外音：你抽空把最后的谈话记录整理出来，快点给我。

在这个小医院终非长久之计，今年的研究生我还要考的。景幻的材料对我来说是太重要了。郑大夫向我透露了点儿消息……我得争取抢先发表院外治疗的论文，这对考试和事业前途都非常有利……

柳楷沉浸在自己的思考中：像，一点儿也没丑化，我还从没有见过一个画家能这样活生生地画出一个人的灵魂……

谢霓没太听清柳楷说的话：你说什么？……（她看到柳楷那苍白而冰冷的面孔，伸手摸向柳楷的额头。）

柳楷那咄咄的目光看着前方。

谢霓的脸和一切景物越来越亮，终于融化在迷蒙的白光中。

柳楷的画外音：从那以后，景幻从人们的生活中消失了。谢霓一家倒是有了许多变化，谢虹终于和夏宗华分手去了日本，文波的《弧光》在国内获奖后也准备出国参加比赛，谢自宁整日里忙着，我和谢霓当然是结了婚，不顺遂的是谢霓的论文没达到预期的效果，她被视为离经叛道。就是专家学者都觉得不可思议，不敢苟同。我的教书似乎少了点匠气，被全校公认新颖独特。人们早已忘记了景幻，早已从记忆中把那段离奇而又不安的日子永远抹去了，只有我还常常想起她，也许她还活着，也许……

103. 冰湖　冬　夜　外

还是那个冰湖，还是那低矮的灌木丛，远方那神秘的光斑比以前更明亮了。

柳楷一个人坐在老地方，望着冰面发呆。

偌大的冰面，杳无人迹，平滑而厚重。

突然柳楷的眼睛发亮了。

冰面上那巨大的"8"字又出现了，比以往几次都清晰，那辙迹成了一个深槽。

柳楷吃惊地看着那神奇的冰面（内心独白）：我们怎样才能超越这轨迹呢？

尖锐刺耳的地声渐渐响起，越来越大。我们终于听清了那是无数个冰刀和冰面的摩擦声。

柳楷又打了寒噤，他惊恐地向身旁，四周望着。

空旷的四野。

柳楷缓缓地站起身，慢慢向远处走去。那刺耳的摩擦声伴着冰面嘎喳嘎喳声大得可怕，他双手捂住了耳朵，他似乎预感到了什么，猛跑起来。

突然天空中像闪电似的一道白光把四野照得通亮。

柳楷猛然站住身。

开天辟地的一声巨响，柳楷猛然转过身来。

那巨大的"8"字崩坍了，慢慢地沉下水去，冰面上留下两个连在一起的圆窟窿，在白光中更显得黑洞洞的。

柳楷万分惊愕的目光，渐渐地，他笑了。

定格，音乐起。升起职员表——

剧终
一九八七年十月十八日

风铃小语

根据徐小斌短篇小说《请收下这束鲜花》改编的电视剧文学剧本

本剧获第十四届飞天奖及中央电视台首届 CCTV 杯一等奖

画面漆黑，静止。

漆黑的画面中慢慢显出紫蓝色的天空和暗淡的星星。

紫蓝色的背景上出现一个女孩子的黑色剪影。可以看出女孩正
站在楼顶上

秋虫在低鸣，似有无数人在耳语。

女孩的长发被风高高掀起。

在一片静寂中，主题音乐悄然而起。

推出片头《风铃小语》。

演职员表。

上　集

秋夜。和平医院。外科手术室外的走廊。

几个穿病衣的病人在走廊边上议论纷纷。

病人甲：听说是个小女孩儿，想不开，跳楼啦！……

病人乙：一个小孩儿有什么想不开的？

病人丙：嘿，你可别小瞧这年头儿的孩子，我们院儿有一个，才十七！就谈上了，得，让两家儿大人一骂，学校再给个处分，俩孩子一块堆儿吞药啦，幸亏抢救及时…

病人甲：今儿谁做手术？是林大夫吧？

病人丙：是啊，这孩子还有点儿运气！……

病人声音渐低。镜头移向手术室外的长椅。孟月坐在长椅上。她二十三四岁年纪，长得很美，神情焦灼不安。一双手如弹钢琴般有节奏地敲着两侧的椅子。

忽然，手术室门大开。护士推着手术平车走出。另一护士高举着输液瓶跟在后面。主治医生林凡边走边问：谁是病人家属？

孟月早已奔上去：大夫，她怎么样？

林凡略停了一下：放心吧。手术很成功。（他戴着白帽子、白口罩，因此只能看见一双神情严肃的眼睛。）

孟月还想问什么，林凡已匆匆走过。

因为走得快，林凡的白大褂的下摆如鸽翅一般飞舞。

孟月疾步跟上。

外科病房。晨光初露的黎明。

病房中十分静谧。只有输液瓶清晰的滴答声。林凡站在小小——做手术的女孩的病床边。一位护士在给小小测脉搏和量血压。孟月趴在小小的床脚已睡熟。另外那张床的病人也在发出均匀的呼吸声。暗红色的地灯旁，放着一盆玉簪花。

林凡低声地：脉搏多少？

护士：六十五次，还是挺弱。

林凡：血压？

护士：九十——六十。

林凡似乎舒了口气。

小小打石膏的右腿抽搐了一下，林凡轻轻按住。

小小的眼皮在微微启动。

小小眼前一片微红、朦胧的光影。林凡的形象渐清晰。他已摘去口罩。端正，清癯。约二十八九岁年纪。

小小慢慢睁开眼睛。这时我们看到她年约十五六岁。大脑门儿，尖下颏儿，有一双很生动的大眼睛。神情忧郁。不漂亮，但很有特点。

林凡关注的眼神。

林凡：感觉怎么样？

小小把脸扭开去，一双大眼睛充满冷漠。

天已大亮。大夫值班室。

护士长正与护士小吕一道打扫卫生。

外科主任杜伯平走进。

护士长：哟，老主任，您又是第一个到！

杜主任：林凡呢？

护士长：林大夫昨晚有个急诊手术，术后他一直在病房监护。

杜主任：快把肖大夫换上来！（小声嘟囔）不要命了是怎么着！……什么手术？急诊室昨儿个是吴大夫值班，他做不了？

护士长：咳，吴大夫家临时有事儿，回去了，林大夫刚做完颅外伤手术还没走，就……再说昨天那个手术确实复杂……吴大夫也不一定做得了。

杜主任边往病房走边问：怎么回事儿？

护士长：听说是跳楼自杀未遂……

杜主任停住：多大岁数？

护士长：小姑娘！才十五六岁！

杜主任一愣。

日。外科三病房。

旁边那张床的病人——一个中年妇女正在做轻微活动。那一小盆玉簪花放在了小小的床头柜上。

林凡正在给小小写病案，他打开一个大夹子边问边记。

孟月正在旁边梳头，睡眼惺忪，显然刚刚睡醒。

小小躺着，显得很单薄。白罩单把她全身裹得严严实实，只有一双眼睛露在外面，目光仿佛投向一个遥远的国度。

林凡：叫什么名字？

孟月：田小小。

林凡：年龄？

孟月：十六。

林凡：家在哪儿？

孟月：海淀稻香湖九号。

林凡：能不能让病人自己回答？

孟月：哎，你这人真有意思，我是她表姐，昨天手术是我签的字，我怎么不能替她回答？

林凡头也不抬地继续问：父母在哪儿工作？

孟月：怎么，写病案还要研究遗传学么？

小吕气得满脸通红：你这是什么态度？写病案，都要这么问的。

孟月：那么好吧。她的父母不在了，去世了，死了，——满意了吗？

林凡吃惊地抬了一下头。小吕和众病人都怔了。病房里一片静寂。

在静寂中，一直沉默的小小忽然开口了：不，他们没死，他们是到另一个世界去了。

林凡合上病案，默默地凝视着小小。

日。通向大夫值班室的走廊。

孟月疾步走向大夫值班室。几乎和快步走出的杜主任撞个满怀。

孟月上下打量了一下杜主任：你是主任？

杜主任：有什么事？

孟月很快地掏出记者证亮了一下：我是记者。我想问个问题：贵医院如何制定手术方案？换句话说，您认为什么样的医生才有资格给危重病人做手术？

杜主任不屑地：当然是有经验的主治医师了。

孟月：那我表妹摔得那么重，怎么让个实习大夫做手术？！

杜主任：什么实习大夫？

此时林凡和小吕走出病房，正经过走廊。

杜主任指林凡：你说的是他？……啊？……哈！哈……（杜向病房走去，边走边说）姑娘，你是个实习记者吧？……

小吕气愤地向孟：你这人怎么这样？除了主任，林大夫是我们外科的第一把刀，他去年就破格提了主治医，现在已经是住院总了，你还有什么不放心的？实话告诉你，昨天林大夫连着两个大手术，本来该休息的，是急诊做不了给我们送来的！林大夫能给你表妹做手术是她的造化！……

孟月有些理亏地嘟囔：谁想得到这么年轻就当住院总啊！……

林凡显然已听到两人的话，但只停留了一会儿便转身走去。

日。探视日。外科三病房。

一帮女中学生涌入病房。鸟噪般的吱喳声像是要把房顶掀翻。病房里立刻充满了勃勃生气。

学生甲：小小，你好点了吗？

戴中队长符号的学生乙：小小，都怪我们平时对你关心不够……

学生丙：这是中队集资给你买的水果，你还想吃什么？下回我们再带来……

学生甲：告诉你，校长已经狠狠批了几何老师一通，要他写检查呢。

林凡走进。学生们骤然安静。

林凡对那个中年妇女：过一会儿给你拆线啊。（对小小）你还得过两天。

小小点头。林凡走出。

学生甲：哇——真帅啊！整个一个马龙·白兰度再世！是他给你做的手术？

小小羞涩地点点头。

众学生同时：哇！你真幸福！

其他病人和家属都被这群孩子逗笑了。

小小也咬着嘴唇笑了一下。

护士长走进：哎，谁让你们都进来的？一窝蜂似的！这是病房，不是电影院！瞧完了病人没有？瞧完了都给我出去！

晚。大夫值班室。

灯光下，林凡正在埋头写病案。

轻轻的敲门声。

林凡：进来。

孟月拎着个款式新颖的包走进。

孟月歉意中略带羞涩地：林大夫。

林凡：什么事儿？

孟月：对不起啊，今天上午……

林凡"哦"了一声，继续写病案。

孟月：真的林大夫，我当了三年记者，各大医院也没少串，还真没见过你这么年轻的主治大夫，……算我有眼不识泰山，还不成？

林凡抬起头笑笑：没那么严重。这事儿我早忘了。主治医怎么啦？主治医也不能说明什么。

孟月拉了把椅子坐下来：怎么这病房就您一个大夫？

林凡：还有两个，都拉家带口的，困难多一点儿。

孟月：那你家里……

林凡：我在这儿和在家没什么两样。

孟月探询的目光。

林凡有意转移话题：田小小怎么样了？

孟月：情绪好转，能吃点儿饭了。

林凡：她到底是为什么……

孟月：原因很简单，因为她的老师。

林凡神情专注。

孟月：她好像爱上了她的几何老师，上课老走神儿。老师提问，据老师说那道题讲了不下二十遍，可她就是答不出来，还一个劲儿盯着老师看，老师一怒之下，用黑油笔在她脑门儿上画了一个直角三角形，让她面向全班同学罚站，后来又向我妈妈反映，我妈当然也说了她一顿。后来她就……她毕竟是个十几岁的孩子。

林凡：这么说，小小在父母去世后一直住在你家？

孟月：是啊。她只有这门儿亲戚。

林凡：她的父母是怎么死的？

孟月：舅舅舅妈都是搞地质勘探的，一年前死于一次意外事故。我们就把小小接来了。小小其实是个相当聪明的孩子，就是太内向，又倔，不大招人喜欢，父母死后就更怪了，一天到晚不吭声，吭声儿就噎人。开始大家还原谅她，觉着她心里难受，可时间长了，她那脾气谁也受不了……搭上我妈有时也琐琐碎碎的招人烦，她们俩就常闹别扭，我和我爸又很少在家……

林凡：她有没有什么爱好？

孟月想了想：她好像对什么都没兴趣。学习成绩也越来越差……对了，她好像喜欢养花……

铃声响。

林凡站起：对不起，有病人找我。……（走到门口回头）多关心关心她！

晚。大夫值班室通向三病房的走道上。

孟月看见林凡正在二病房为一位病人排脓。那病人痛苦地哼叫着。林凡边用力边安慰他。

灯光下，林凡神情专注的脸显得清癯而英俊。

孟月眼中渐渐充满柔情。

日。换药室。

窗外，天色灰暗。小小躺在换药室的皮床上。

两护士在低声交谈。

护士甲：七床今儿可算出院了，脊椎摔坏了怪谁呀，神仙也治不了。

护士乙：胸以下高位截瘫，一辈子也别动弹了。太惨啦！

护士甲：唉，你听说没有？（压低声音）这小孩也伤得挺重的，听主任说最好的结果是躺仨月。将来怎么样很难说。

护士乙：小心人家听见。

两护士端着药盘走出。

小小神色变得呆滞起来。

林凡走进。

林凡给小小拆线，缠在手臂上的纱布一圈圈解下，被橡皮膏贴久了的皮肉都变了色，林凡撕掉橡皮膏，小心翼翼地揭开最里层的纱布。

小小右臂上一条长长的暗红色的疤痕。小小看了一眼清晰的缝线就移开目光，呆呆地望着天花板。

林凡熟练地拆线，在伤口处上药。

林凡：伤口长得挺好的。以后每隔三天换一次药，保持伤口清洁就行了。

小小仍呆呆地望着天花板。

林凡：你怎么了？

小小：没怎么。

林凡：感觉怎么样？

小小：没感觉。

林凡推过旁边的平车，把小小连扶带抱地放进平车上。

小小的腿打着石膏，一动也不能动。

林凡推着平车走向病房。

傍晚，外科三病房。

病房内灯光昏暗。昏暗灯光中小小一双大睁着的眼睛。

小小的床头柜上，一碗没动过的稀饭。

闪回：夏日的公园。荷塘里盛开的荷花。

爸爸妈妈架起小小坐飞机，两人飞快地跑着，留下小小银铃般的一串笑声。

寒冬。姑姑的家。

满目泪痕的小小拿着行李站在空落落的大屋子里。姑姑背对着她。

姑姑：这么小就没了爹妈，也怪可怜的……可是有一条，在姑姑家得自食其力。谁也不能吃闲饭……这样吧，我给你揽点活儿……织毛衣你会吧？

深夜。小小仍在机械地织着毛衣。旁边堆着很多毛线。

镜头拉开。毛线像是张开的蛛网，紧紧地包裹着小小。

初秋的一天。课堂上。

睡眼朦胧的小小看着几何老师一张一合的嘴，不知所云。

忽然，她眼前出现了父亲的形象。

她痴痴地望着老师。老师和父亲的形象重合起来。

几何老师生气地：田小小，你上黑板演算这道题！利用勾股定理！

老师重重地敲击着黑板上的一幅图。

小小迷迷糊糊走向黑板。呆若木鸡。

老师怒吼：勾股定理知道吗？小学就学过的勾股定理！

老师盛怒之下用黑油笔在小小脑门上画了一个直角三角形。

全班鸦雀无声。小小的嘴唇在颤抖。

小小忽然抓起油笔在老师的白衬衫上画了一个大大的直角三角形。然后冲出教室。

全班大哗。

晚。蓬头垢面的小小走进家门。

姑姑大发雷霆：我们家的脸都叫你丢尽了！……你的老师把情况都说了，你还怎么抵赖！……小小年纪就想谈恋爱了，要脸不要脸！……难怪学习越来越差……

小小：我没有谈恋爱！

姑姑：你还犟嘴！那你上课盯着人家干吗？人家一个年轻的男老师……告诉你，你必须向老师赔礼道歉！现在就给我去！

小小：我不去！

姑姑：限你最晚明天道歉，否则就别再进这个家门！我们丢不起这个人！……

小小哭：不，我宁可死也不会向他道歉！

姑姑：你死给我看看！……死丫头，你用死来吓唬谁呀！（小声地）哼，活着不招人待见不如死了好！

深夜。小小像一个梦游人一般直直地走上楼顶。

一声尖锐的、唿哨般的声音。（闪回结束）

床头柜上的玉簪花被窗外深浓的暮色衬得雪白。

一值班护士走进。

中年妇女：这孩子还没吃饭，你们喂喂她！

值班护士没好气地冲小小：你那个陪床呢？

小小不语。

中年妇女：你们可真是！陪床不来，难道人家孩子就得饿着？我这是动不了，能动弹我早喂她了。也犯不上求你们！……劳你大驾，把林大夫给请来！

值班护士：林大夫正在手术台呢，你有能耐你去请吧！

林凡在门口出现。

中年妇女：林大夫！

值班护士惊讶地：林大夫，您怎么还没走？

林凡快步走向小小：怎么晚饭还没吃？

小小不语。

林凡用小勺去舀粥，小小把头偏向一边。

林凡又换一种方式喂她。就在勺子碰上她唇边的刹那，小小忽然推开，一碗粥泼了林凡一身，碗掉在地上，摔碎了。

值班护士冲上去：你也太不像话了！你是人，我们也是人！林大夫累了一天，你凭什么……

一护士跑进：林大夫！林大夫！病人血压下降，情况不好！……

林凡对值班护士：小代，你收拾一下，我马上回来。（急速走出）

晚。外科三病房。

杜主任正在给小小做思想工作，小小表情依旧。

杜主任：什么事儿都得往宽了想，"车到山前必有路，船到桥头自然直"，没有过不去的火焰山！——瞧过《红楼梦》没有？

小小点点头。

杜主任：知道林黛玉是怎么死的吗？

中年妇女饶有兴味地翘起头，用手支着下巴。

杜主任：是肺结核！……知道王熙凤是怎么死的么？——告诉你吧，她得的是妇女病！

中年妇女笑出声来。

杜主任仍一本正经地：为什么得这些病？——小心眼儿！想不开！甭跟她们学！……

中年妇女笑。

小小的脸色越加阴沉。

杜主任敛住笑容。

小小忽然哽咽地：你们为什么要救我？

夜。外科三病房。

林凡轻轻走进，脸色有些苍白。中年妇女还未睡着。床头灯亮着。

中年妇女轻声地：林大夫。

林凡点点头。

小小已睡着。睫毛上挂着泪水，令人怜爱。胳膊上打着点滴。

被打碎的玉簪花盆。花叶狼藉。

林凡拾起花，用湿泥护住根部，放进窗台上的一个大玻璃杯里，重新摆在床头柜上。

林凡：这孩子到底怎么了？

中年妇女：谁知道?! 得有两天没吃饭了。……是不是担心她那腿……

小小在梦中哭起来。

小小：妈妈！……爸爸！……

林凡轻轻推她：小小！

小小紧紧抱住他的胳膊，泪水刷刷地流：妈妈！等等我……爸爸……

小小被推醒。

小小泪水模糊的眼睛。

小小：林大夫。

林凡：你好像是头一回叫我。

小小：林大夫，求求你，把吊瓶摘了吧。

林凡：可以。不过我也有个条件：你必须得吃饭！

小小：那我不愿吃医院的饭。

林凡：你说吧，想吃什么？

小小：我……想吃饺子。过去……妈妈常给我做……

林凡：好，一言为定。那咱们今天就吃饺子！

林凡疾步走出。小小的目光凝聚在那束玉簪花上。

中年妇女感动地望着林凡的背影。

夜。东城夜市。

林凡推着自行车在各摊穿来穿去。

林凡在一馄饨摊前停步。老板和一助手正忙乎着。

林凡仔细地看馅，似乎很新鲜。

林凡：老板，你能不能用这馅包点儿饺子！

老板：我们只卖馄饨，不卖饺子。

林凡：真不会做买卖！有现成的面和馅，馄饨饺子不是一样？商量商量，多给你点儿钱怎么样？

老板犹豫。

林凡转身欲走：那我跟别的摊儿商量商量。

老板：哎——你想多给多少钱哪？

林凡站住，这时他听见一个熟悉的声音。

他循声望去，看见孟月正在旁边的摊上采访，她身边是个高高大大的男人。

被采访者是个老知识分子模样的人。

孟月：请问陈老，您作为已退休的教授，到这儿来摆摊卖煎饼，您的儿女有什么看法吗？

陈老操着一口河南话：这是我的事，我不重视儿女和其他人的看法，只要老伴支持就行咧。

旁边一位矮小的老太太显然是教授夫人，连连点头：我支持，我支持，这好歹是个事儿，老头没事儿干就要发脾气咧。

孟月笑：那您还挺开通的呢。再问一个问题……（忽然看见林凡）哟，你怎么大驾光临了？

林凡很不客气地：你怎么不去看看小小？！

孟月：我都快急出毛病了，报纸明儿急着发稿，全国一流的大报，不能让它空着版面吧？这两天你辛苦点儿行吗？求求你啦！赶明儿我给你来个专访怎么样？

老板和助手在一旁飞快地包着饺子。

林凡瞥了孟月旁边那男人一眼。那男人穿的文化衫上写着：我很丑，但是我很温柔。

孟月：哦，给你们介绍一下：张华，也叫张倒儿。捣乱的捣。这是林凡，我跟你说过的林大夫。

林凡与张华握手：哦，是导演。

孟月笑：他这导演不是导人的，是倒衣服的。

林凡：服装个体户。（看了一眼孟月款式新颖的时装）

孟月：我的中学同学，十年前就下海了，现在是不折不扣的大款。

张华：见笑，见笑。林先生多多关照。

饺子包完，老板伸手要钱，林凡把一张十元票塞给他，把饺子装进塑料袋里。

林凡：好，你们忙吧。

孟月：小小好多了吧？怎么今天这么有闲情逸致？

林凡跨上车。

孟月走上前去：林大夫！

林凡一只脚站在马路牙子上：我现在总算知道小小为什么自杀了！

孟月：……你这人怎么这样？！

林凡骑车而去。

孟月气得跺脚。

老板大叫：喂，找你钱！

一顾客走到陈教授摊前：来两张煎饼。

陈教授：记者同志，如果采访已经结束的话，我要继续做生意咧。

张华走过来：怎么了？这么气急败坏的！

孟月转身就走，鲜红的围巾在黑暗中一闪一闪的。

淅沥沥的小雨落下来。

夜。外科三病房。

中年妇女已睡熟。

浑身湿淋淋的林凡把一饭盒饺子递给小小：热的，快吃。

小小捧着饭盒，眼泪一滴滴落进饭盒里。

小小夹起一个饺子，用刚刚拆线的右胳膊吃力地举着：林大夫，你先吃第一个好吗？

胳膊开始发抖。

林凡接过饺子。一口吞下。

小小大口吃起来：真好吃，这是什么馅的？

林凡微笑：好吃，就多吃。

小小忽然停住：林大夫，我的腿什么时候才能……

林凡打断她：吃完了再说。听过古代英雄好汉的故事吗？人家都是临死也要做个饱鬼！

小小忍不住扑哧一笑。

窗外淅沥沥的雨声。

小小：下雨了。小时候我最喜欢下雨……妈妈总是给我叠纸船……

主题音乐起。

林凡：我小时候也喜欢下雨。最喜欢跑到雨地里淋着，边淋边叫唤：下雨喽，冒泡喽，王八戴草帽喽！……不过，不管童年多美好，人总是要长大的……

小小：林大夫，您相信有另一个世界吗？

林凡的神情变得专注了。

小小：那个世界只有善，没有恶；只有美，没有丑；……我的爸爸妈妈……就是到那个世界去了……

林凡：那我宁可选择这个世界。这个世界虽然不那么尽善尽美，可也不像你想的那么坏。起码是内容丰富。（抚弄一下玉簪花）你看这花儿挺好看的吧？从看园子老头儿那儿要来的。他可是天天用大粪浇花！美丑善恶搅在一起才是真。你说的那个世界只有童话里存在，如果变成了现实，你肯定会觉得它虚假，单调，像一潭死水……其实是丑造就了美，是恶衬托出善，这个道理你以后会明白的……就说你吧，难道你没有恶的一面？（指着身上粥的残迹）这怎么解释？

小小难为情地笑了一下。

林凡：我告诉你个诀窍，要想摆脱痛苦，最好的办法是做点事，投入地做一件事，不去想目的，不去想结果，你做就是了。这过程本身就是一种快乐。你不信就试试。听我的话试试好吗？

小小大睁着眼睛点点头。

玉簪花白花绿叶，很像一个头戴玉冠，身穿绿裙的少女。小小好像刚刚注意到这美丽的花。

小小：这是什么花？好香啊。

林凡：玉簪花。每年秋天开，一直开到入冬。生命力特顽强。

一片静默。

小小：他们一定告诉您什么了。比如说，我是因为我的老师……

林凡不语。

小小：您相信吗？

林凡摇头。

小小：我不是因为老师，真的不是，……我……我上课走神儿，是因为……因为他长得很像我的爸爸……您相信吗？……

林凡：我相信。

小小感动地看着他。

小小：谢谢您。我原来以为不会有人相信的。

林凡：当然会有人相信。因为有的人也经历过你所经历的。

小小的眼中渐渐充盈了泪水。

小小：您还没告诉我……我的腿……

林凡：两个月之内恢复没问题。如果配合得好，还会更快。

雨渐渐停了。

寂静重新笼罩病房。

小小：雨停了。

雨水从房檐落下的滴答声。

秋虫的低鸣。

小小忽然温柔地：林大夫，你太累了，也该歇两天……

林凡笑：真稀罕，你也会说点儿顺耳的话呵。

小小不好意思地一笑，一双大眼睛凝视着林凡。

翌日晨。病房外的草坪边。

雨后空气十分清新。林凡用轮椅推着小小来到这里。

雨后盈盈的玉簪花开得如同一片银白的霜雪。

小小看着花，豁然开朗，心旷神怡。

（字幕）一月之后。

上午。外科三病房。

医生护士站了一屋子。孟月也在这里。两位护士扶着小小练习走路。

小小哆哆嗦嗦地迈了一步，两步……

站在对面的林凡忽然命令：好了，现在别扶她，让她自己走！

小小恐惧地尖叫起来：不！不！阿姨，你们别放开我，求求你们啦！……

护士为难地看看小小，又看看林凡。

林凡更加斩钉截铁：听见没有？让你们放手！

两护士下意识地松开手。

小小一阵剧痛，摇摇晃晃，好像马上就要摔倒。

小小：啊，我不行啦，不行啦！

林凡极其严厉地：你行！行！走！自己走！连这点勇气都没有怎么行?!

孟月：林大夫！

林凡：谁也别说话！

林凡的严厉好像远远胜过了同情和怜悯。小小定定神，咬紧牙关迈出一步，额头上全是汗水。

林凡的眼睛，严厉，冷峻，像结了冰的湖，不泛一丝涟漪。

小小又摇摇晃晃地迈起步子。

叠印：林凡的眼睛。

林凡：坚持！再坚持五步！三步！……

小小跌跌撞撞地扑在林凡身上。

周围的大夫护士都鼓起掌来。

一大夫：奇迹！像她这种情况一个月就恢复得这么快，真是奇迹！

林凡一脸明朗的笑容。

孟月衷心地：林大夫，谢谢你！

小小凝视着林凡。

夜半。外科病房外的走廊上。

身穿背心式睡裙的小小从走廊厕所里走出。看到大夫值班室里的灯光，她悄悄向里面张望。

对面病房里传出病人的惨叫：哎哟……再给我一针吧，求求你们了！……

小小吓了一跳，呆住了。

走廊的玻璃门"呀"的一声响，林凡拿着 X 光片走过来。

林凡：那是哪个病房的病人？怎么不回去休息？

林凡走到小小身边，小小转过身来，显得又羞怯又惊慌。

林凡：哦，是你。有事儿吗？

小小：没，没事儿。

林凡：那就快回去吧，小心着凉！（匆匆走进大夫值班室）有事儿按铃叫我。

小小呆立着，下意识地低下头，忽然发现因为病衣太大，自己的半个胸脯都裸在外面，她低叫了一声，踉踉跄跄地跑回病房。

深夜。外科三病房。

小小喘息不已。她悄悄拿过病友的一面大镜子放在床头柜上，慢慢地脱下病衣。

暗红色的地灯映照着少女洁白的身体，朦胧而美丽。

良久，小小突然用双手捂住脸。

清晨。小雨。大夫办公室。

拎着行李的孟月和小小走进办公室。一身火红装束的孟月显得窈窕动人。

林凡穿着便装，还没来得及换白大褂。嘴里还在嚼着馒头。值班护士小吕在擦地。

小吕：哟，要走了，小小？

小小点头。

林凡：这么早就走？有车吗？

孟月：有。……林大夫，说一个谢字是太俗了，可又不能不谢你。

林凡一本正经地开玩笑：那就用实际行动感谢吧。

孟月盯着林凡：用什么样的实际行动？

小吕轻咳一声，推门走出。

林凡套上白大褂，坐在办公桌旁为小小写医嘱。

林凡：给你开点儿药带回去。……明年该上高三了吧。

小小：是。

林凡：多好的年纪啊。（把药方递给孟月）前两种内服，后一种外用。一个月之后来复查。

孟月：你还没回答我的问题。

林凡：什么？……哦，关于感谢。我看算了吧。我不过是在尽我的职责。小小恢复得快主要在于她年轻，而且，也不算很严重。

孟月：真的，我觉得你这人特奇怪，好像星外来客似的。

林凡：我有那么伟大吗？

孟月：一天忙到晚，就跟长在医院里似的。难道你一点儿私人生活都没有？我是说，其他兴趣爱好什么的，现在年轻人都玩到什么份上，你根本想象不到，你和这个时代相距太远了……恕我直言，你这样的人早晚得累死！

林凡：今天……是开我的批判会么？

孟月：恰恰相反。你刚才不是说要用实际行动来感谢么？我的实际行动就是帮助你改变生活方式——

林凡：帮助我改变生活方式？……好，那你就试试吧。

孟月：当然，作为一个外科医生你是优秀的。你具有一个天才外科医生的全部禀赋。

林凡：还真的不知道呢，什么是外科医生的全部禀赋？

孟月：鹰的眼睛，老虎的胆量和一双能拿绣花针的手。

林凡笑。

孟月：你笑什么？

林凡：太玄乎了。外科医生和普通人没什么两样，感谢什么的真是谈不到，当大夫的嘛，当然要讲职业道德。这是往好听了说。如果说得更实在点儿……

林凡走到窗前，背对孟月和小小。

孟月急不可待地：是什么？

林凡：……是需要。我的需要。自私的需要。

静默良久。小小眼睛不眨地看着林凡。

孟月：可以问问你为什么学医么？

林凡：你真是个职业记者。

孟月：当然，如果你不愿说……

林凡：没什么不愿意说的。很简单，是为了我的父亲。

林凡坐下，但眼睛仍望着窗外：我父亲过去是带兵的。我八岁那年，他得了病，本来可以好的，可是由于一个庸医的误诊，他死了。死后不久，我母亲改嫁了……

小小眼神里的惊愕和同情。

孟月：……这么说，你是跟继父长大的？

林凡：不，我从家里跑出来了……

一病房红灯亮。

林凡站起：好了，我得去看病人了。小小，好好养病，以后可别干傻事儿了！（对孟月）好好照顾她，有什么问题我唯你是问！

孟月：行啊。不过我也有个条件，你可不能因为小小出院就不管她了，你得设立家庭病床，得随访。我提的要求不过分吧？

林凡：我会去的。

一直没说话的小小忽然开口了：林大夫，我……我想要一棵玉簪花……

林凡边走边说：好啊，床头柜上那棵就归你了！就那么带着泥栽就能活。……再见！

小小和孟月：再见！

小小下意识地追出几步。忽然觉得有很多话要说。

孟月火辣辣的眼神一直追踪着林凡离去。

上午。小小的姑姑家。

军队大院里的一栋三层小楼。楼下有果树和各种花卉。

一辆的士停在门口。车门开,小小和司机下车。司机是前面露过面的张华。显然这是他的私车。张华为小小拎着东西。孟月从车窗中探头出来。

孟月:对不起啦小小,我还得马上回报社。你回家后别再跟我妈吵架了,她说什么你就当没听见,好吗?张华,我可把小小交给你啦,她要有事儿我唯你是问!

张华:行哩姑奶奶,对母们那车爱惜点儿,甭跟上回似的,您使一天车,母们得修三天!

孟月一边咯咯笑一边踩了一下油门:别那么铁公鸡似的,像个大款说的话吗?

的士飞驰而去。

日。小小的姑姑家。

张华把东西放在地上。房间大而空旷,有一种冷漠和压抑的感觉。

小小的姑姑(以下简称姑姑)面向窗子站着,在慢慢地嗑瓜子。

张华:伯母,小小回来了。

姑姑头也不回地:嗯。

张华:那……那我走了。

姑姑半转过头:是月月让你送她的?

张华:是。

姑姑:她人呢?

张华:回报社了。

姑姑:……好,你去吧。谢谢你。

张华逃跑似的走了。

小小看着这间冷漠的大房子，呆若木鸡。

姑姑：还不快去洗洗，还等着我给你打水？

小小急忙走进卫生间。

姑姑：用肥皂好好洗一洗！（小声地）医院那么脏，谁知道会带回来什么病菌！……小卫！

公务员小卫走进：您叫我？

姑姑：你把地上那包行李拿到楼下去，把地拖一拖。

小卫：小小回来了？

姑姑：嗯。你把楼下那间小仓库收拾出来。

小卫：那……那间小仓库太冷了……

姑姑：小孩子，吃点苦有好处，我们年轻时候经过多少磨炼！这点苦算什么？再说，也省得人家动不动就用自杀来威胁。我心脏不好，可再也受不了这种刺激了！

日。卫生间。

小小在洗澡。听见姑姑的话，她难过极了。

日。客厅。

小小洗完澡出来。

姑姑：哎呀，你洗完澡也不知道拖拖地，把卫生间的脏水都带出来了！是小卫刚拖的地，你怎么一点不知道尊重别人的劳动！

小小低头看见地板上的拖鞋印，急忙去拿拖把，又不慎把旁边装瓜子壳的盘子碰翻。

姑姑：你说能指着你干点什么？本事不大，脾气不小！……你就随你妈，一个没用的废物！学习学习不行，干活笨得要死！还不快点把卫生间的灯关上，我没那么些钱给你付电费！

小小忍无可忍地：不许你说我的妈妈！

姑姑冷笑：对对对，你妈可是个大好人！（小声地）我弟弟要不是娶了你妈，没准儿现在还活着呢！

小小含泪向门外冲去。

门开了，小小的姑父——一个魁梧的老军人走进来。

姑父：小小回来了？……（向姑姑不满地）你又在搞什么名堂？！

姑姑：我搞什么名堂？！我的亲侄女我还能虐待她？……你怎么不问问她？她眼里有老人吗？你问问她回来这么半天叫没叫我一声？！

姑父：小小，你也得尊重你姑姑啊。她这么大岁数了，也不容易。

姑姑：我就是不能容忍别人动不动就用自杀来威胁我！（忽然号哭）让旁人戳我的脊梁骨，这不是成心要我的好看吗？呜呜呜……

小小：姑父，要没什么事儿的话，我下楼了。

日。姑姑家的院子里。

小小把那株玉簪花栽进泥土。

夕阳斜斜地照过来，柔和的光线勾勒出小小的身影。小小的头发在阳光中一根根清晰可数。园子里铺满黄叶，仍有叶子从树上静静地落下来。

小小看着栽好的玉簪花，若有所思。

远方似有无数的风铃在响，构成一种晶莹透明的声音。

（字幕）一月之后。

日。和平医院。

小小走进医院大门。她穿着一件瘦而长的旧呢子外套，显然是母亲的旧衣服改的。头发剪得很短，很俏皮。矜持的神态中透出几分少女的娇羞。

小小经过挂号处，穿过门诊，走进骨科病房。

日。外科三病房。

小小忐忑不安的神态。她轻轻叩响大夫值班室的门。

里面有人说：进来！

小小推门进去，值班的是肖大夫和护士长。

小小掩饰不住失望。

护士长：这不是田小小吗？有事儿？

小小：我来复查。

护士长：哦，让肖大夫给你看看，怎么样？挺好的？

小小：是……是林大夫预约的，我……

护士长：那没关系，林大夫做手术去了，肖大夫一样看嘛！

肖大夫：走吧，去换药室去看一下。

小小：林大夫……什么时候才能做完手术？……

肖大夫：你找他有事儿？那就再等等。

小小：不不不，……没事儿。

日。换药室门口的走廊处。

小小从换药室走出来，显得心神不定。

她推开一道走廊的玻璃门，又推开一道。

忽然，她呆住了。

沿着她的视线看去，林凡正朝着这个方向走来。

林凡显然刚刚做完手术，还没来得及换手术服，口罩半挂在脸上，显得疲惫不堪。脸上像是涂了一层白垩。

小小犹犹豫豫地往前蹭了两步，似乎希望林凡能够注意到她。

但林凡显然没有注意到任何人。

小小眼睛不眨地盯着林凡，张嘴欲叫。又犹豫地闭了嘴。

林凡的近景。脸上的汗水。

林凡擦肩而过。

小小极度失望的神情。

泪水慢慢涌上她的眼睛。

小小内心独白：我在他的眼里，不过是个今天见了，明天就忘了的小孩儿。……要是我有孟月姐姐那样的脸蛋儿，该有多好！……

小小忧伤地无目的地走到走廊的尽头，又折回来，猛地推开玻璃门。外面，是一片盛开的玉簪花，雪白如云，银光灿烂。

小小内心独白：不，好像他最爱的还是他的工作……我会改变自己，我会让他重新发现我的……将来，我也要做医生，做一个像他那样的医生……

日，稻香湖中学。

中午，下课铃响，同学们纷纷背起书包走出教室。

田小小仍在座位上继续做题。

几个女同学经过她位子时叫她：小小，该吃饭了。

小小：你们先走，我马上就去。

小小边演算边自语：……对，应该先用线段连接 ab 两点，……在直线 y = x 上，斜率是……

一老教师整理好讲义，从讲台走到小小的课桌旁。

老教师悄悄从背后看小小做题，点头。

老教师：田小小，你这是在做第三象限角平分线那道题吧？

小小：……哦，老师！……我是……

老教师微笑：你是尝试一种新的算法，是吧？

小小：是……

老教师：很好。你这种方法我倒没想到。下午自习课的时候你给大家演示一下？

小小：我……行吗？

老教师：当然行。（内心独白）没想到田小小倒是个很聪明的孩子……

日。某大报报社。

孟月推开眼前的一堆稿子，抓起电话。

孟月：喂，和平医院吗？请转外科病房。

一个小伙子又送来一摞稿子：这稿子是写住房改革问题的，我觉得还不错。

孟月示意放下。

孟月：喂，请问林凡大夫在吗？……哦，你就是，……我是孟月。还记得吗？……是你的病人田小小的表姐……想起来了？……你们当大夫的可真够呛，是不是病人在你们眼里就跟过眼烟云似的？……哈哈哈……什么呀，人家小小上星期去复查，你迎面撞上愣不理人家，让人家小姑娘难受得什么似的，你该当何罪？……那要看你的实际行动了，好，……好，顺便吃顿便饭吧，不麻烦，……那我们等着你。说话算数哟？……好，好，再见。

孟月放下电话，神情亢奋。

一中年编辑：小孟，给谁打电话这么高兴？

孟月扬扬眉毛，边哼歌边整理稿子。

张华走进，兴冲冲把两张票拍在孟月的桌上。

张华：我说什么来着？这年头儿，有钱能使鬼推磨！老崔怎么着？老崔的票咱照样买得着！——明天晚上，三排，三号，五号。事儿办得漂亮吗？

孟月：明晚几点？

张华：七点半。我开车接你。

小伙子凑过来看，羡慕不已。

孟月：去不了。

张华：你说什么？

孟月：去不了。实在对不起。

张华瞪着她，说不出话来。

孟月若无其事地套上风衣，拎起包欲走。

张华：你上哪去？

孟月：下班时间，能上哪儿？

张华张口结舌地看着孟月翩然离去。追出。

小伙子追出：喂，你们的票！

张华头也不回地：给你了！

小伙子：不不不，我没那么些银子！

张华：送给你了，笨蛋！

小伙子欣喜欲狂地自语：崔健个人演唱会……哇！……打电话去！

小伙子冲回办公室。

翌日。小小的姑姑家。

小小放学回来。

孟月正在打扫房间。

小小笑：怎么今儿日头打西边出来了？

孟月：哎呀你可回来了！求求你小小，快帮我把厨房的下手活儿干了，一会儿我来炒菜！

小小：你来炒菜？

孟月：哎呀你们都这么不相信我，我今儿非露两手给你们看看！……咱是偶尔露峥嵘！

在一旁看报纸的姑父：但愿如此。

小小把书包放下进厨房。

姑姑在里间房哼唧着：我的梳子你给我放哪了？哎呀把我的东西都折腾得找不着了，是什么贵人要来，把你忙成这样儿？

孟月冲到房门口：你有完没完？（小声地）整个一个更年期综合征！

姑姑走出：你说什么？

孟月：哟，妈，我发现您耳朵特好使哎，您的听觉实际上还停留在少女时期，爸，是这样吧？

姑父：好啦好啦，不要耍贫嘴啦，快去做菜，不要又让小小一个人搞……

姑姑不屑地瞥一眼沙发上的书包：回来了也不叫我一声，她眼里从来就没我这个姑姑。

……

姑父：人家放下书包就去做菜，还要怎么样嘛？孩子还小，也很不容易了……

姑姑：行了，没让你给我作报告！一句话，你们都是好人，就我一个恶人！

姑姑甩手进房。

厨房里。

孟月在手忙脚乱地翻鱼，小小在一边洗菜。

孟月：小小你看这是怎么啦，怎么粘上了？！

小小走过来：哟，你没放点儿面粉呀？

孟月：我怎么知道……快想个补救的法子呀！

小小：那就别做松鼠鱼了，做干烧鱼吧！（向上浇汁）

孟月看表：呀，都七点十分了！

小小：来得及。

孟月：小小，你为什么不问，是谁要来？

小小：这还用问吗？

两人目光的交流。

孟月的卧室。

孟月对着梳妆台精心化妆。

化完之后，不满意，又抹掉。

听见门铃响，手忙脚乱。

客厅。

姑父开门。

林凡：请问田小小家是在这儿吗？

姑父：是的是的，您是林大夫？请进请进！

姑姑满面笑容地走出：林大夫请坐，喜欢喝花茶还是绿茶？

林凡：叫我林凡吧。小小呢？

姑姑：真的呢，这孩子哪儿去了？

姑父：小小，林大夫来了！

小小走出，轻轻揉着围裙：林大夫。

林凡：气色好些了。

姑姑：在家里吃得好嘛，也用不着她干活儿，这，听说您要来呀，我和她姐姐忙了一下午，把菜都做好了，她呢，去收拾收拾厨房！

姑父瞪了姑姑一眼。

林凡: 给你们添麻烦了。她姐姐呢?

孟月走出: 我在这儿。

精心打扮的孟月显得光彩照人。好像整个房间都为之一亮。

相比之下, 小小的衣着显得十分寒酸。

下 集

晚。姑姑家的饭桌上。

菜十分丰盛。

姑父给林凡敬酒：感谢你，小小和月月常常在家说起你，说你是个好大夫……

林凡有些手足无措：谢谢。……

姑姑夹了一筷鱼给林凡：这是月月的一点心意……

孟月：这是小小……

小小：这些菜都是姐姐做的，您尝尝。

林凡感动地看了孟月一眼。

饭后，客厅里。

两个老人已回房休息。三个年轻人坐在客厅里，成正三角形：孟月坐在钢琴旁，林凡坐在沙发上，小小坐在角落里一个小凳子上。

林凡：这么说，恢复得相当不错……功课紧张吗？

小小点头：……我觉得紧张点好。

林凡：将来准备学什么专业？

小小：……还没想好呢。

孟月：我们家小小可怪了，小姑娘像她这么大谁不爱玩儿，可她从小就这么蔫蔫儿的，老爱想啊想啊，也不知道她在想些什么！……我像她这么大的时候成天就知道玩儿！当然，还得练琴。那时候我最烦的就是练琴，可妈妈逼着我天天练一小时，钢琴老师一来，妈妈就搬个椅子在旁边一坐，给我造成一种威慑局面，太可怕了！

林凡和小小笑。

孟月：当然啦，现在……我明白妈妈是对的。（她使劲敲了一下琴键。)

林凡：我小时候也练过几年琴，后来就没条件了。还参加过钢琴比赛呢。乐器里……我最喜欢钢琴，其次小提琴。

孟月兴奋地：和我一样。……怎么样，咱俩来个四手联弹？

林凡：早不行了，钢琴这东西和英文一样，扔了就捡不起来。

孟月：我倒觉得钢琴就像红舞鞋，想扔也扔不掉呢。干你们这行要是没点儿业余生活，也够没劲的。

林凡：什么叫没劲，什么叫有劲？干什么干长了都一样。在这点上人和蚂蚁也差不多，不过蚂蚁社会是按照遗传机制运转罢了。其实人在创造力方面只是有一种可能性。至于这种可能性能不能变成现实，需要很多方面的因素决定。也就是说，人的一生是不是能最大限度地发挥他的潜能，并不完全由自己决定。

孟月：可我觉得选择很重要。包括各个方面的选择。

林凡端起茶水喝了一口：是啊。小小，你是不是觉得这种话题特没劲？

小小：不，我爱听。

孟月：林大夫，我想问个纯属私人的问题，可以吗？

林凡：随便问吧。不过别用这种记者提问的方式，我害怕。

孟月：其实还是继续刚才的话题，关于选择。譬如，你对于异性的选择。

林凡：绕这么大弯儿干吗，不就是问为什么到现在我还没有女朋友吗？

孟月：是这意思。

林凡：有不少人用各种方式问过我这同一个问题了。简单回答吧：我得找一个能忍受我的。

孟月笑：你有什么毛病需要别人忍受？

林凡笑：别的毛病没有，就是太忙。而且不打算闲下来。

孟月如释重负地笑：原来如此。

林凡：弹个曲子吧。

孟月：一起来吧，来个简单点的，《献给爱丽丝》怎么样？

林凡放下茶杯站起：明明是献给我的，偏说献给爱丽丝。好，那就试试。小小怎么样？一块儿来吧。

小小：你们弹吧，我听着。

两人并肩坐在琴凳上。《献给爱丽丝》的钢琴声在客厅里流动。

小小掀开窗帘望着窗外。深秋之夜月光如水。她看到有一点银白在月光中颤动。那是楼下小花园里新栽的那棵玉簪花。

注入了情感的钢琴声有一种奇特的穿透力。

小小沉浸在黑暗中的眼睛闪着晶莹的泪光。

夜。姑姑家的客厅。

林凡：小小，给我们唱个歌吧。

小小：我不会唱歌。

林凡：那就朗诵一首诗，这要求不过分吧？礼尚往来嘛。

孟月：小小，别太自闭了好不好？就我们两个听众。

小小镇定一下自己：好，那我就给你们背一首普希金的诗……

小小面向窗外……　　我曾经爱过你，

　　爱情，也许在我心中还没有完全消逝……

……

主题音乐起。

似乎有许多声音在和着主题音乐，发出一种晶莹透明的声音。

在音乐中闪回：小小睁开眼睛，第一次看到林凡。

林凡给小小喂药。

小小把粥泼了林凡一身。

在林凡的注视下小小艰难学步。

林凡迎面过来，没有注意到小小，小小极度失望。

林凡用轮椅推着小小去看玉簪花。

　　……我曾经默默地，毫无希望地爱过你，

……忍受着羞怯和嫉妒的折磨，

我曾经那样真诚，那样温柔地爱过你，

愿上帝给你另一个人，

也像我……也像我一样地爱你……

小小的声音忽然哽咽起来：对不起，我想下楼休息了！……

小小下楼。

孟月：这又是哪一出啊？哦——《青春期的烦恼》。

林凡困惑地看着小小的背影。

夜。楼下小小的卧室。

小小躺在床上辗转难眠。

有人敲门。小小像是早在预料中似的去开门，连看也不看是谁便回到被子里。

进来的是孟月。

孟月把脸贴近小小：凉不凉？

小小：送这么长时间？

孟月：没赶上末班车。我现把张华给叫来了。坐他车走的。

小小：你可真行。

孟月：其实张华这人挺仗义的。生气是生气，事儿还照样办，有这种朋友也挺难得的。……小小，我发现……林凡这人真有种魅力哎，反正他和我周围的朋友都不一样，你说呢？

小小：谁和谁也不一样。

孟月：可我觉得他就像一口富矿，越往深挖就越有新的发现，而且好像取之不尽，用之不竭。

小小：那是神话里的矿。

孟月：……真的，我好像还从来没有过这种感觉，……小小，我好像爱上他了，真的！

小小：你不是真爱他，是新鲜劲儿。

孟月：你今天怎么啦，老这么煞风景！那你说，什么是真爱？

小小不语。

孟月：如果你爱上一个人会怎么样？

小小：……为他去死。

孟月惊异地：什么？

小小：为他去死。

孟月笑：现在可是 20 世纪 90 年代了。

小小倔犟地：可我觉得爱情就是爱情，不分什么古典和现代。

孟月惊奇地瞪着她。

日。稻香湖中学。

同学们紧张地做实验。

小小全神贯注的眼睛，淌着汗水的脸。

叠印：穿冬装的孟月正骑车向和平医院奔去。精心修饰的孟月显得俏丽动人，十分引人注目。

孟月来到手术室，在门外焦急等待。

手术室门开，林凡走出来。孟月急忙迎上去，兴奋地说个不停。

夜。小小的卧室。

小小戴着耳机听英语，矫正语音。

十五瓦的灯光，十分昏暗。

小小紧裹着一件旧棉衣，手上还在不停地织着毛衣。看起来又冷又倦。

叠印：孟月走进亮着灯光的大夫值班室。

孟月从书包里掏出金黄的广柑和鲜红的苹果。

她精心地削苹果，削完后，果皮仍包着苹果。

正观察 X 光片的林凡看着她，目光先是惊奇，然后是感动。

孟月温柔地看着林凡，然后嫣然一笑。

冬去春来。万物复苏。柳叶绽开了新绿。

日。中学生化学奥林匹克竞赛考点。

窗外，学生们议论纷纷。

同学甲：这题出得也太难了，谁会想到……

同学们向考场内张望。

同学乙：好像就剩俩了。那个小女孩是哪学校的？

同学丙：不知道。咱们堂堂男子汉败在一个小丫头手里，也太跌份了……

日。考场内。台前坐着三位考官。前面有几幅挂图。

主考人已面露笑容：答得不错。还有最后一个小问题。

田小小紧张中略含羞怯，衣着朴素，一派纯真。

主考人：注意看图。请问，水的凝固点是 0℃，那么为什么此处水的凝固点变成了 0.0099℃呢？

田小小略一思索：因为这幅图是严格按照纯水——冰——水蒸气体系的实验数据绘制的。而通常水在空气中结冰时，水和蒸气中都包含了空气的成分。由于水中溶有杂质变成溶液，所以使水的凝固点降低，另一方面，压力对凝固点也有影响……

主考人点头。与两侧教师心照不宣地微微一笑。

黄昏。和平医院。

满面春风的小小直奔骨科病房。

小小显然经过一番精心修饰。穿 T 恤衫，牛仔裤，显得很有青春活力。

忽然，她看见林凡和孟月向医院大门走去。

她下意识地跟着他们。

林凡和孟月的背影看上去很美，十分相配。

他们在医院门口的一棵柳树旁站住了。

小小闪在柳树后面。

他们在低声交谈。

林凡：……我不是不愿意，是怕你后悔。……你们这些搞文艺的最爱幻想，……我真不知道你把我想象成什么样儿了，反正我告诉你，我就是个凡人，和我的名字一样。

孟月娇嗔地：你怎么到现在还不相信我？……我决不会后悔的……

两人向大门走去。

小小目送着他们的背影，眼泪夺眶而出。

透过柳叶的阳光映在地上变得支离破碎。

小小的背影在光斑中越来越小……

小小的画外音：愿上帝给你另一个人，像我一样地爱你……

夜。小小的卧室。

小小戴着耳机在听英语。她似乎消瘦了许多。

孟月正在织一件银灰色的毛衣。她显得手忙脚乱。拿起来看看，不满意，又拆掉。

孟月拖着哭腔：哎呀呀！这毛线都打弯儿了，不像新的了！小小怎么办哪，还有一个星期就是五一了！

小小：要不我帮你织？

孟月：那……那太……不，我还是想亲手给他织，他太好了，他有一种饱经忧患以后的幽默，彻悟人生之后的豁达，幽默、豁达，当然还有智慧，我认为这是构成男子魅力的三大要素……哎呀小小，又织坏了！……

小小：放那儿，我来吧。

深夜。小小的卧室。

小小在精心地织着那件毛衣，她低着头，秀发纷垂，因此看不见她的表情。

五一节的傍晚。小小的姑姑家。

小小正把肉馅放进剖开的煮鸡蛋里，然后放进锅里煎。

孟月：原来这就叫元宝蛋，林凡可真会挑！……（把煎好的蛋放进饭盒）我一猜他今晚就得值班，一到节假日他就跑不了，单身汉嘛！……小小，我要有你的这么一双巧手就好了！……

小小：姐姐，我该走了，最近一段要集中培训，就不回家了。

孟月：干什么？

小小：没什么……可能……要出国参加中学生奥林匹克竞赛。

孟月：——天哪，这样的好消息你竟敢一直瞒着我们！

扑上去亲吻小小。

小小不好意思地躲闪着，一边说：先别告诉别人好吗？还没最后确定呢。

孟月：那你需要什么，好妹妹？

小小：什么也不需要。

晚。和平医院骨科病房大夫值班室。

一饭盒热腾腾的元宝蛋放在桌上。

孟月正把那件银灰色的毛衣在林凡身上比划着。毛衣织得很漂亮。

旁边开着电视，正在演电视连续剧《红楼梦》。

林凡感动地看着她。

林凡：你为什么对我这么好？

孟月放下毛衣坐在椅子上，似乎十分委屈。

孟月泪汪汪地：……是我的需要。自私的需要。

林凡轻轻拉过孟月，孟月顺势倒在他怀里。

孟月热情地亲吻林凡，林凡渐被燃烧起来，他开始吻孟月。

两人的眼睛转向电视，宝黛正在拌嘴。

林凡：你说林妹妹要是真的嫁给了宝哥哥会怎么样？

夏日黄昏。北京奥林匹克集训点。

穿夏装的林凡一眼看见正在和同学玩飞盘的小小。

红色的飞盘在蓝天中划过。

小小跃动着，充满了青春活力。

飞盘飞到林凡处，被他接住。又扔出。

小小惊喜的目光。

小小故意给林凡扔了一个超低的飞盘，林凡急中生智，用脚挑起来，甩向小小。小小没接住。

小小笑：赖皮赖皮！另一个女孩子也笑起来。

中午。某一中档餐厅。

一浓妆艳抹的歌星在唱《爱上一个不回家的人》。

两人就座。小小站起来挂书包。她似乎长高了不少。俨然已是亭亭玉立的少女。有一种毫无矫饰的娇羞和妩媚。

林凡：小小，刚才我差点没认出你来。

小小和林凡对坐。

林凡：你高了，漂亮了。

小小：你瘦了，老了。

林凡：你说话能不能含蓄点儿。

小小笑：我喜欢直截了当。

林凡：你姐姐说你需要生物化学方面的书，给你找了几本……（从书包里拿书）

小小：谢谢。

林凡：知道么，我和你姐姐十一结婚。

小小低下头：噢。

林凡：你为什么不说：祝贺你？

小小：祝贺你，你们。

林凡笑起来：小小，你要是在机关工作，一定是个终身科员，永远也升不上去的。

小小难为情地笑了。服务员小姐走来。

林凡把菜谱递给小小：点吧，趁我肥的时候狠宰我一刀，过这村儿可没这店儿了！

小小：……有元宝蛋吗？

林凡和服务员小姐一愣。

小小喃喃地：你不是爱吃吗？

窗外的街道上，熙熙攘攘的人群。道路两旁的古槐上开满雪白的槐花。

窗帘掀动，远方风铃般的声音再度响起。

小小：……你送我的那棵玉簪花长得挺好。

林凡：……我看到了。这花皮实，你不管，它也照样长。

小小低着头拨拉饭粒：是啊。……

林凡吃惊地：你怎么哭了？

小小强忍泪水微笑：我也不知道怎么回事儿，最近变得爱哭了。

林凡：我真羡慕你们女的，可以随时排泄毒素。有个英国诗人说得真对，他说：女人总是要哭的，因为男人必须工作。

小小含泪扑哧一笑：你瞎说。

林凡半开玩笑地：我们呢，再难受也得挺着，所谓"创伤深重，欲笑不能，年龄不小，不便再哭"。

小小凝视着林凡。

歌星换了一支曲子。

小小：林大夫。

林凡：别叫大夫了。

小小：那叫什么？姐夫？还是哥哥？我都叫不出口。

林凡：那你随便吧。反正名字不过是个符号。

小小：我想问你一个问题：如果……你爱上了一个人，非常爱……可他对你并没有同样的感情，甚至……根本不知道……你会怎么样？

林凡：根本不知道？那你起码应该让他知道啊。

小小：不，你不想让他知道，因为……这件事根本不可能。

林凡：那……要么继续爱他，不要任何回报；要么放弃这种无望的爱……好像只有这两种可能性。

小小：可这两种结局都是痛苦的。

林凡：你怎么忽然变成个小大人儿了？

小小忽然愤怒地：我本来就是大人了！难道在你眼里我永远长

不大吗？

林凡惊奇地看着她。

服务员在上最后一道菜。

林凡给小小夹菜。

小小：你为什么不吃？

林凡：放心，我是后发制人，一会儿保证剩不下。……你准备学医？

小小：嗯。

林凡：女孩子学医，太苦了。

小小：我不怕苦。我觉得……和实验室打交道，心里很踏实，而且，可以把很多事情都忘掉。

林凡：……不过作为人，还是应当多接触社会。

小小：那你呢？

林凡：我？……作为医生，我还算说得过去，可作为人……我太不完整了。这点我心里很清楚。我们这些搞外科的被人叫作冷血动物知道不知道？因为我们看惯了鲜血和死亡。至于对病人的关心，那多半是一种职业性感情——我远远不如一些人想象的好。有时候，是病人迫使我扮演强者的角色，就这么回事。……是你姐姐……让我忽然发现这个世界上除了冰凉的手术刀之外，还有一种很美好……非常美好的东西。……我非常喜欢她。不管她有多少毛病，可她是个有真性情的人，敢爱敢恨……

小小内心独白：不，我不想说。我永远不对他说我喜欢他。……这个秘密只属于我一个人……

林凡：你在想什么？

小小：……你看这歌星像不像个塑料模特儿？

歌星在唱《大约在冬季》，唱得悲痛欲绝。

数月之后，秋。北京机场。

在绿色通道的入口处，小小和其他几个同学正在与朋友、老师和家人话别。林凡、孟月也在这里。

孟月：我觉得小小肯定行，小小，你千万别紧张！你回来那天，我们一定来这儿接你！

同学甲：小小不会紧张的，都身经百战了是吧？

同学乙：小小，别忘了给我带一支法国口红！

小小：忘不了。

机场播音员的声音：2098号航班就要起飞了……

林凡：该带的药都带了吧？

小小：带了。

老教师：小小，祝你成功！

小小：谢谢！再见了！……

众人：再见！……

小小等人走入绿色通道。

孟月：小小带的什么药？

林凡：外用的，可以帮助去瘢痕的。你这个当姐姐的太粗心了！

孟月调皮地一笑：有你这个细心的姐夫不就行了！

老教师走过来同林、孟握手：小小这孩子真是个人才！这一年来的变化很大啊！……过去在班里她算是很一般的学生，可自从去年出院之后，她的成绩突飞猛进！……是个很少有的聪明女孩子哩！真让人想不到……我跟她谈过，她说是在住院期间遇上个好医生，这个医生改变了她的整个生活！……这样的医生太难得了！你们做哥哥姐姐的要好好谢谢人家！……

林凡孟月面面相觑。林凡喃喃地：不不不，要好好谢谢您！……

数日之后。鲜花店。

林凡正在问老板：有玉兰花吗？

老板：这什么日子口儿？哪来的玉兰花？

林凡：是这么回事儿。我有个朋友……

老板：是女朋友吧？女人最难缠。哪壶不开提拎哪壶。这样吧，你要说定了的话，赶明儿给你联系一下南方的广玉兰怎么样？

花形颜色都跟玉兰一样，就是个儿大。看你这人挺老实，算个优惠价吧。

林凡：最快什么时候到货？

老板：一个星期以后吧。

林凡：那来不及了，后天就是她生日。

日。法国巴黎。

一大型实验室内，各国专家在看小小做实验。

小小的额头上渗出汗珠，忽然，她不小心打翻了烧杯，水流出来。气氛紧张得快要爆炸，连领队的教师也出了一头大汗。

小小镇定了一下情绪。似乎有一个遥远的声音在说：你行！你行！

小小从容地继续做下去。

日。法国巴黎。

国际中学生化学奥林匹克发奖大会。

巴黎市长致辞。各国记者云集会场。镁光灯不断闪烁。

五环旗下，发奖仪式开始。当主持人用英文念到四名中国获奖者时，台下响起经久不息的掌声。

中国领队与四名金牌获得者登上领奖台，由市长亲自颁奖。

小小是四名获奖者之一。

漂亮的法国孩子走上台来献花。

小小在接受记者采访，她含着泪水，动情地：……是的，我这么努力地学习，发奋地学习，一开始仅仅是为了一个人，我希望能引起他的注意，他的重视……可是我这么努力和发奋的结果是改变了我自己，……我变得自信了，坚强了。此时此刻我真希望他能够和我分享幸福和快乐，希望他能打开电视机，看到我。……

在镁光灯的频频闪烁中，法国与下届主办国波兰举行交旗仪式。领队激动得热泪盈眶。

日。和平医院。

已脱下白大褂的林凡和另外一两个大夫正在看电视转播，林凡喜形于色。

护士长走进：林大夫你没走啊？

林凡：看完转播再走，回家看就赶不上了。

护士长：哟，这孩子怎么那么像原先在咱这儿住过院的……叫田小小吧？

林凡：什么叫像啊，就——是——

电话铃响，林凡拿起话筒。

林凡：喂，哦……我知道。……不行啊，我今天晚上有事儿，叫肖大夫吧。……什么？哦……那行吧，等他来了之后马上接我，我这就走。

护士长：我说什么来着，又被抓差了吧？

林凡迅速套上白大褂，转身匆匆而去。

夜晚。小小的姑姑家。

客厅里，灯火阑珊，杯盘狼藉。朋友们东倒西歪地坐在沙发上，显然聚会已接近尾声。餐桌上，一个插满蜡烛的大蛋糕仍完整地放着，孟月守着蛋糕发呆。

朋友甲：月月，吹蜡烛吧！

孟月：再等一会儿，一小会儿，他马上就要回来了！

（门铃响）

孟月冲过去开门。

进来的是张华。他手持一束装潢考究的玉兰花。

张华：Happy birthday！

孟月：是你？

张华捧上玉兰花：二十四朵玉兰花，喜欢吗？鲜花店里买不着，咱花钱定做绢花！精……诚所至，金石为……为开嘛！

朋友乙：是精诚所至！

张华：管他所到所至，反正是那意思！

孟月将花插进花瓶：这花真够精致的，可惜啊，是你送的。

张华一边把一块炸鱼放进嘴里一边说：这什么意思？怎么着，您那位如意郎君还没到？

孟月：都过来，我要吹蜡烛了！

蜡烛吹灭。蛋糕切开。

夜。和平医院外科手术室。

林凡在做开颅手术，汗水已浸透他的手术服。

林凡伸手：弯钳。

递手术器械的护士显然已疲惫不堪，把撑开器递过去。

林凡恼怒地：弯钳！

护士递弯钳。

林凡：你下去！

另一护士把一罐插着吸管的麦乳精递过来，林凡吸了两口，双手仍在紧张操作。

夜。小小姑姑家。朋友们纷纷离去。

最后一个朋友打开门：月月，你这位白马王子也太忙了，见他一面比见总理都难。

孟月：对不起……

姑姑在房间里：月月，该睡了，人家不会来了！

孟月：他会来的，会来的会来的！

孟月关灯。没有关门。眼泪汪汪地一头倒在沙发上。

只有钟摆的滴答声。

门开了，孟月蓦然坐起。

林凡走进，筋疲力尽地躺倒在沙发上。

林凡：……临时一个开颅手术，十四个小时，下了手术台一口气儿没歇就骑车往这儿赶，……给我倒杯水来！

孟月开灯倒水，这时可以看见林凡脸色苍白。

林凡一口气把水喝干。

林凡：给我拧个手巾把儿。

林凡接过手巾擦脸，缓了口气。

林凡笑：你这种人要是在封建社会给人当老婆，非被休了不可！

孟月：你还说我！人家等了你整整一个晚上！不是我一个，一屋子朋友都在等你！……人家都想见见你，你……你也太不给我面子了！……

林凡：对不起对不起，我这不是特殊情况吗？改天再补偿吧！

孟月：改天？改天是哪天？哪一天你有空？！我知道你喜欢干这行儿，可也不能这么玩儿命！就是一台机器也需要冷却，需要调节！

林凡转移话题：你们今天都聊什么了？挑精彩的给我传达传达。

孟月：多了。最精彩的是关于东方艺术的起源问题，本来还想听听你的见解呢。

林凡：是啊，在沙龙里谈谈艺术当然美妙，不过对一个大夫来说，起码不能把病人扔在手术台上吧！

孟月：你起码也该给我来个电话。

林凡：原来估计手术九点就能结束。谁也没想到情况变得那么复杂。

孟月：你就不觉得你的救死扶伤有时候也很乏味吗？

林凡：什么不乏味？坐一块儿侃大山不乏味？我倒是相信，不管什么时候，流汗水的都比流口水的多！

孟月：没想到你是个地地道道的理想主义者。

林凡：我不知道我是什么主义。我只不过觉得，一个人还是要有点精神吧，否则人和动物有什么区别？……我就是这么个人，你现在后悔还来得及。

孟月哭：你瞎扯什么呀？

林凡把她揽过来：行了行了，今天是你的生日，你今天哭了得哭上一年！……（从包里拿出一大纸盒，打开，里面放着二十四朵雪白的玉簪花苞，精心地串成一串。）这是送你的生日礼物，喜欢吗？

林凡把花挂在孟月的脖子上：待会儿挂你床边，能睡个好觉。

孟月把花摘下扔在桌上：我要的是玉兰花！玉兰花象征着纯洁和高贵，这是什么草本植物，见都没见过！

林凡：这叫玉簪花，普普通通，可香味很醇，我喜欢。

孟月：可今天是我的生日！……你也太让人失望了！……（抄过旁边的花瓶）你看看，这么美的花可惜不是你送的！……我对你说过我最喜欢玉兰花，我本来以为……本来以为……（委屈地哭）

林凡：这个季节哪来的玉兰花？（拿出花瓶里的绢花）这叫什么？这叫花？我倒是觉得，就是最普通的鲜花也比最漂亮的假花好！

孟月：那你干脆送我一棵死不了得了！

林凡默然望着她。

孟月：我知道你很忙，其实，我对你真的没什么奢望，再有半个月就要结婚了，什么也没准备，我埋怨过你吗？物质上我没有任何要求，只希望……只希望你心里有我，可连这点你也做不到！

林凡疲倦地：行了孟月，要不咱们明天再论战吧，我今天真的得挂免战牌了。

孟月不语。

林凡：下星期开始我休假，到时候，好好陪陪你。

孟月：你说这话，就像完成什么任务似的。

林凡叹口气：我说过吧，即使林妹妹嫁给宝哥哥也不一定幸福。牛郎织女之所以永恒，是因为他们中间隔了条银河。真的，我一看你这种浪漫的情怀就害怕，你可得好好想想，一个家庭主要就是柴米油盐——你现在后悔还来得及。

孟月：你干吗老说这句话！是不是你后悔了？！

林凡忽然捂住头：哟，怎么头有点疼——

飘落在地的玉簪花瓣像一片片鹅毛似的慢慢卷起。

日。北京机场。

获奥林匹克数理化竞赛奖牌的中学生们被一帮记者包围了。无数鲜花、问候。闪亮的镁光灯。

来机场迎接的领导人们同获奖者握手。

小小的脸上泛着青春的红晕，手捧花束，胸前挂着一枚金牌。

领队老师在向领导同志介绍：这是获数学金牌的吕明同学。

领导人同一高个男同学握手。

领导人：为国争光，有功之臣啊！……（看到紧挨着吕明的田小小）噢，还有女孩子！

领队老师：这是获化学金牌的田小小同学。是我们这次获奖的年龄最小的同学！

领导人紧握小小的手：小小年纪，前途无量！前途无量！

电视台记者追逐着小小，小小似乎一直在寻觅着什么。

记者：田小小同学，可以问你几个问题吗？

记者递过话筒，小小却没有接。

小小：实在对不起，我有点急事要离开一会儿。

小小飞快地走了，两记者面面相觑。

记者甲：她说什么？

记者乙：不知道。是要上厕所吧？

一个小电话间。

小小在打电话。

小小神情骤变。

小小：您说什么？

对方的声音：林凡正在抢救，还没脱离危险呢！

电话从手中滑落。

和平医院急诊手术室门前。

许多人等在手术室门前。孟月头发散乱，眼睛红肿。她忽然看见飞奔而来的小小。

孟月冲上去抱住小小，声音颤抖：他还有希望，小小，他还有希望！……

小小的嘴唇煞白：到底是怎么回事！

孟月哭：脑动脉瘤破裂，是他太劳累也太紧张了！都怪我！都怪我！……（失声痛哭）可谁能想到他会有个先天性的动脉瘤呢?！

一护士推门出来：哪位是 A 型血？现在急需 A 型血！

小小毫不犹豫地：我是。

护士：你？你多大？

小小：我十八了。

孟月：我是 O 型！也可以输血！

护士：我没问谁是 O 型！

另外两个年轻人：我们也是 A 型血！

护士：都跟我来！

日。化验室。

护士：你真的有十八了吗？不满十八岁可不能献血啊！

小小：真的，我没骗过人。

护士：那你献多少？

小小含糊地：就是最多的那一种呗。

护士：400cc 的？

小小：对对对。

护士：你以前献过血？

小小：是啊。

护士：感觉怎么样？

小小：没问题。

小小躺在献血床上，针管插入她的静脉。鲜红的血通过针管流入一瓶子中。

护士：你和林大夫什么关系？

小小愣住了。

良久，小小喃喃地：过去，他给我看过病……

输完血，小小刚刚坐起便一头栽倒。

日。一辆轿车停在新华门前。

车内，那位老教师神情焦急地：田小小这孩子是怎么搞的？国家领导人接见，这么大的事都不来……

另一老师：一定是临时有什么急事，我们进去吧。

警卫战士打手势，轿车驶进新华门。

日。狂风暴雨。小小的姑姑家。

孟月躺在沙发上，小小正在准备出门。

小小把金牌挂在脖子上，然后藏进衣服里。又用一张塑料薄膜精心地包装一束玉簪花。

小小：你还是咬咬牙去吧。

孟月：我实在不行了小小，我……我好像在发烧……

小小含着眼泪：可杜主任已经说过没希望了，过一天，就少一天，你……你难道不愿意多跟他在一起待一会儿？

孟月呜呜咽咽地哭起来。

对着窗子嗑瓜子的姑姑：什么事都要有个度，你们不过还在谈朋友的阶段，你也就算是对得起他了，就是夫妻也不过是同林鸟，大限来时还要各自飞呢，何况朋友！

孟月：你别说了！

小小：那我走了。

姑姑：你要死啊，这么大的雨，你病了可没人伺候你！

小小：我不会让你们伺候的。

孟月：等雨小一点儿再去吧，你不是明天还得上课吗？淋病了怎么办？

小小不理，撑起一把伞欲走。

姑姑：哎，你有没有脑子啊！这时候打这种伞不是成心毁坏东西吗？

小小把伞放下。

孟月忽然奔过去：小小！

在门口，两人对视着，离得很近。

孟月：告诉他，我一会儿就去。

小小的目光在她脸上滑动：你后悔了？

孟月：不，我没后悔，没后悔，（忽然歇斯底里地痛哭起来）我——没——后——悔！

孟月哭着扑到沙发上。

小小冷冷地：你后悔了。

小小怀抱包装好的鲜花冲进暴风雨。

小小在暴风雨中挣扎，用全力护着那束花。

日。和平医院。

林凡一动不动地躺在床上，旁边挂着输液瓶、输血瓶，杜主任正在他身边低声交谈。

林凡：……最后这例手术倒可以吹一吹，……术中情况都记录在病案里，您写论文的时候可以参考……另外……

杜主任难过地紧握林凡的手：想不到，是你对我说这些话啊！马克思是不是把我们的位置搞颠倒了？！……

林凡冷静地：还有些细节没来得及写进去，我可以口述……

病房门忽然打开，全身湿透的小小捧着花站在门口。裙子上滴着水。

林、杜都怔住了。

杜主任回头：好家伙！这不是那个小心眼儿的小林黛玉吗？这么大的雨还来啦？刚才我们还在说，除非发生奇迹，今儿不会有人来探视了。……看来奇迹真的发生了！……来来来，喝杯热茶驱驱寒！……

杜主任给小小递茶。

小小：谢谢。

杜主任难过地挥挥手：我过会儿再来！

小小甩了甩花上的雨水，把花插入林凡床头柜的玻璃缸里。

水珠盈盈的玉簪花透出盎然的生机。

林凡的眼睛发亮了。

林凡吃力地：……快去到值班室换身干衣服，不然要生病了。

小小不语，伏在林的床边默默地望着他，泪水慢慢流下来。

林凡：小小，祝贺你，也谢谢你。

小小把金牌取出放在林的床边。

小小：这金牌应当是你的。……还记得今天是什么日子吗？

林凡默想。

小小温柔地：去年的今天我被送到这儿来，你救了我，还教我认识了这种花……我觉得……这是世界上最美的花……

林凡：小小，将来你也是个医生了，你得慢慢习惯死亡。生命不过是个过程，人生下来就注定要死的，活二十九岁和九十九岁没什么两样……

小小忍不住哭出了声。

林凡：你姐姐呢？

小小：她……她有点儿不舒服，她说一会儿就来。

林凡：这些日子……对她来说已经很不容易了。……有几个人一生中能这么轰轰烈烈、大喜大悲地爱一回？这辈子能认识她，我知足了。

小小内心独白：不，你不知道，世界上还有另一种爱……是的，另一种爱。这种爱偏执专一，刻骨铭心，永远不求回报，不求结果……它可以超越世俗，超越时空，甚至……甚至超越生死……

小小狠狠咬着手指，强忍哭声。

手指竟被咬破，泪水变成浅红色。

林凡：你怎么了？！

小小泣不成声：……我在想，因为有了你，才有了今天的我。……要是一个人的灵魂，能在另一个人的生命里延续就好了！……

林凡吃惊地凝视着她。往事如潮涌来。

闪回：小小举着刚刚拆线的右手一定让他吃第一个饺子。

夜半，在值班室门前，小小羞怯惊慌的眼神。

小小声音哽咽地朗诵普希金的诗。

餐厅里，小小因他的不理解而生气。

出国前，小小在绿色通道入口处深情地看着他。

良久，林凡终于悟到了什么。他的眼睛里溢满了泪水。他吃力地握紧小小的手。

小小情难自禁，把他的手紧贴在脸上，慢慢地跪了下去，任泪水不停地流着。

林凡：……别难过，小小，……你听说过吗？人死之后会慢慢分解，变为构成各种动植物的基因。如果真是这样，我希望我身后留下来的……是这么一棵玉簪花……

玉簪花的特写镜头：金色的花蕊，雪白的花瓣，碧绿肥厚的叶子……

玉簪花幻化成无数玉簪花，在雨中摇曳。

叠印：小小走入玉簪花的背景中，不断地含泪回眸。雨像一层水帘一般使人物与背景变得朦胧。

主题音乐淡起。

画外音：

小小：下雨了。小时候我最喜欢下雨……妈妈总是给我叠纸船……

林凡：我小时候也喜欢下雨。最喜欢跑到雨地里淋着，边淋边叫唤：下雨喽，冒泡喽，王八戴草帽喽！……

主题音乐大作。

雪白如云的玉簪花占据了整个画面。

敦煌遗梦

根据徐小斌长篇小说《敦煌遗梦》改编的电影文学剧本

千手千眼观音。

各种各样的欢喜佛像。令人恐惧。

吉祥天女由美丽转为狞恶的脸。

湿婆神在舞蹈。

湿婆神男性的侧面慢慢转为女性。

夜晚的鸣沙山，被一种钢蓝色的雾霭笼罩着，有如梦境。那金字塔般的峰峦显示了神秘与孤寂。在它的脚边，静静地淌着同样钢蓝色调的月牙泉。这种奇异的色彩使人想起凝结在一起的蓝色金属。

赭石色的天空上，一轮蓝色的残月，它挂在天际充满一种残缺之美。那无数淡紫色的星星和它比起来显得黯然失色。

梦幻般美丽的月牙泉边，一个年轻女子在夜风中修瑜伽静坐，月光为她勾勒出银色的轮廓，远远望去如一尊银色女佛。

推出片名《敦煌遗梦》。

音乐起（裕固族古歌）。

演职员表。

一双柔软的手慢慢打开一本虽然装帧精美却已陈旧残破的羊皮书，用一铅笔写下几行字：

第一篇：吉祥天女（字幕）

吉祥天女，同时是印度教、婆罗门教、佛教与藏传佛教的女神。在中原佛教中，她是护法天神，而在藏传佛教中，她却原是一残忍妖神，后被金刚手收服为护法神，司命运、财富与美丽。

画面同时出现两个截然不同的吉祥天女形象，一个美丽动人，另一个狞恶可怖。

1. 外景。日。三危山脚下。

肖星星（OS）：很久以前，我到过这个奇异的地方：莫高窟。那时候我还年轻……

画面上慢慢从远到近，走来一个年轻女人和一个男人。此时背景单纯。女子的装束也十分单纯：白色 T 恤衫，旧牛仔短裤，短发，有一双极其纯美、黑如点漆的眼睛。她身旁的男人身材高大毛发浓密，但神情忧郁。

肖星星画外音断断续续：……他叫张恕，是我的北京老乡，北京人在他乡相遇，总会有一种亲近感，何况，我们因为没钱，都住进了这座在当地最便宜的招待所。

在破旧的招待所的门口，两人停下。星星开门。

肖星星的画外音：他是搞壁画研究的。千里迢迢，他最想看的一幅壁画便是唐代画家尉迟乙僧的《吉祥天女沐浴图》，可是万没想到——

闪回：黑暗的洞窟，一幅空白的壁画，上面只有一点点璎珞和两根脚趾。

画面回到现在。肖星星的画外音继续：那幅画居然被窃了。而且，从现场判断，被窃的时间并不久远。

张恕：那天黑糊糊的我没看清，真的想再看一次，可现在七十三窟已经关闭了，好像只有个别外国团让进。……所以……

星星已经打开门：请进。

2. 内景、招待所。肖星星的房间。

房间的一根绳子上拉拉杂杂挂着些刚洗的内衣，还滴着水。

张恕看了一眼就转移了视线。

张：所以我就想，你这儿肯定有尉迟乙僧的资料，你们画家应该有的……

星星：你怎么知道我是画画的？

张哼哼一笑：半年前的《半截子美展》，上面有你的照片。

星星笑：居然还有人这么好记性。

张锐利地看了她一眼：我可不是对所有人都记得的。……

星星：哟，那我真该受宠若惊了。……（拿画册）你还真找对人了，我这儿不但有尉迟乙僧的资料，还有吉祥天女沐浴图呢，是新疆和田丹丹的壁画……

星星找到一页，把画册递给张。

张急忙翻看。

画面中，吉祥天女沐浴在莲池之中，除臀部颈项和双臂有莲叶遮掩外，全身裸露，身边还有一胖乎乎的小儿，也是裸体。吉祥天女面容栩栩如生，特别是眼睛十分传神。

张吃了一惊：尉迟乙僧……离现在有一千多年了吧……

星星：一千三百多年。

张：可你看看她的眼睛！

星星：什么？

张：我是说，吉祥天女的眼睛。

吉祥天女眼睛的特写。

星星：哦，又大又美，而且，迷茫，还有点惊恐……

张：我是说，像活人的眼睛。

星星一凛，突然听见外面似乎有呜呜的压抑的哭声。

星星不由自主地靠近张恕。

张：……听说，这三危山招待所被当地人称作鬼屋……你怕吗？

星星硬着头皮：……不怕。

哭声在风中飘飘摇摇。

3. 内景。夜。张恕的小屋。

漆黑的夜，张恕一人坐在昏暗的灯光下看书。

有人敲门，张恕一惊，放下书：谁？

没有回音，只有越来越激烈的敲门声。

张恕开门，一个身材肥胖、面目酷似阿难使者的僧人走进来。

僧人：你是……张恕先生？

张：长老是谁？

僧：我是三危山寺院的住持，叫大叶吉斯。

张：长老不是汉人？

僧人合掌微微一笑：我是裕固人，……这里很久无人居住了，不知张先生为什么要住在这里。

张有些不悦：我没钱，只好住这儿。怎么，难道对长老有妨碍吗？

僧人连连摇头，仍然笑容满面：弟子看张先生面相极好，特地来为你看相。

张十分冷淡：看相？对不起，我不需要。

僧人毫不在乎张的态度，侃侃而谈：麻衣相曰：人禀阴阳之气，有天地之形，受五行之资，为万物之灵者，故头像天，足像地，眼像日月，声音像雷霆，血脉像江河，骨节像金石，鼻额像山岳，毫发像草木。江河欲润，金石欲坚，山岳欲峻，草木欲秀。形全则为上相，张先生不仅形全，且神有余，神有余者，均为大贵之人，凶灾难以入身，天禄永终矣。

张神情变得专注起来：我真的有那么好吗？长老言过其实了吧？

僧：只是……张先生，你福堂、金马之处有赤色浮动，主有横灾，不利在外久居啊！

张：刚才你说我灾难难以入身，现在又说我主有横灾，不是自相矛盾吗？

僧：张先生差矣，刚才弟子讲的是先天之相，但是相随心生，相逐心变，飞来横祸，谁也无法阻挡啊！

张的心里怦然一动：长老光临，就是要对我说这些吗？好，我知道了，请回吧。

僧人诡秘地一笑，走了。在门口驻步：我们住邻居，张先生有何见教，弟子随时恭候。

张呆住。

4. 内景。日。同上。

张恕在给星星切黄河蜜瓜。

张：……吊诡的是，他长得很像阿难陀啊！

星星吃了一口瓜：简直像是《聊斋志异》……有意思，我也想算算，有这个面子吗？

张犹豫了一下：试试看吧。你算什么？

星星：……我到这儿来，是为了验证一个梦。

张：验证一个梦？

星星：是的。我常常做梦，这不奇怪，奇怪的是我的梦总会应验。最近这个梦尤其奇怪：我梦见……梦见我来到了一个巨大的石窟，里面全是壁画，隐隐约约的像是画着菩萨、飞天、天王、力士……

张：那就是莫高窟啊，就是这儿！

星星：是啊。可是石窟中间有个巨大的水池子，水池子中间站着一个人……

张惊讶地：一个人？

随着肖的讲述，石窟画面出现，水池中间站着一个男孩，蒸汽升腾，男孩的面目不清，男孩慢慢拿起一把刀，割开自己的手腕，鲜血喷射出来，远远看去，那男孩简直像个血的喷头，鲜血很快染红了池水……

石窟背景那优美的莲花和飞天藻井，轮状花蕊的覆莲，那流动的飞云，旋转的散花……还有无数的飞天、药叉、雨师、伎乐、羽人、婆薮仙、帝释、梵天、菩萨、天龙八部……都慢慢被染成了一片华丽的猩红色。

男孩渐渐变得透明了，似乎变成了一张透明的纸片儿……

星星的脸色越来越苍白。

张：你怎么了？

星星：没什么，一到这儿，梦就突然惊醒，然后就头晕，有时候还吐……

张：去看过医生吗？

星星：没用。……药对我没用。

肖神情恍惚，一副孤独无助的样子，眼睛里呈现出一种孩子般的柔弱。

张：我发现你真像……

星星：什么？

张的脸有点红：你真像个小女孩。

星星看了他一眼：谢谢，真会夸人。

张：我是说，……你的眼睛，这样的眼睛十几年前还有，现在，再也看不到了……你懂我的意思吗？

她看了他一眼，然后飞快地垂下了眼皮。

他轻轻地摸了一下她的头发，然后克制住自己，走出门去。

门外，管理员老头在外偷听，见张恕出来，吓了一跳。

5. 内景。日。肖星星的小屋。

星星在画画。

张恕在一旁观看。

有四幅画并列挂在墙上。第一幅，是搅乳海的阿修罗看着吉祥天女从乳海中冉冉升起，天女身后一片佛光。第二幅，是吉祥天女在沐浴，北方天王在云端上观看，有一美丽少女怒容满面，拂袖而去。第三幅，盛装待嫁、得意非凡的吉祥天女，北方天王似有悔意，远远的，那个美丽的少女在凝视着北方天王。第四幅：吉祥天女已为人妇，左手执拂尘，右手怀抱一子，拂尘扫处，有无数金银下落，北方天王在一旁神色怅然。

星星边画边跟张恕讲解：你看，这是我理解的吉祥天女。她不过是搅乳海之女，出身卑微又相貌平平，一定要靠非常手段才能赢得北方天王，要知道，佛教的护法神有二十多位，北方天王排名第三，仅次于鼎鼎大名的大梵天和帝释天，可以算作佛教护法神中的实权派了！可吉祥天女不过排名十一，论各方面，她都不如排在她前头的辩才天，要打败辩才天，可不是那么容易的事……

张笑：真有意思，那你画的这个漂亮女孩就是辩才天了？

星星：是啊。漂亮有才的少女往往是骄傲的，吉祥天女就利用这个打败了她。可是我想，北方天王娶了她之后一定后悔不迭，因为她很快就接管了财权。你看北方天王多失落啊！

张哈哈大笑：你可真有想象力！……

星星：不是想象力，这是……真理。

张：什么？

星星突然严肃地：人生就是这样，就像佛教八苦里说的，怨憎会，爱别离，求不得。

张：怎么讲？

星星：这很容易理解嘛：互相厌烦的人往往走到一起，相爱的人好像注定分离，至于求不得，就更好理解了：越追求就越得不到，不求什么的时候，没准儿它倒来了！

张沉思：……好像有点道理。我觉得你有时候像十八，有时候像八十。

星星笑嘻嘻的：……你好像忽然变得很严肃？

张：……咱们换个话题吧。

星星：好。还是讲吉祥天女？

张看着星星天真俏皮的样子，心有所动：敢问小姐芳龄几何？

星星笑：二十六。太老了一点吧？

张：你太像个小女孩了，真的。

星星：你是说……我特幼稚？

张：不不，我倒觉得，搞艺术的不能太成熟，果子太成熟，就该坠落了……

星星（OS）：种种迹象都在表明，我和张恕之间大概会发生点什么故事，但是后来，一切都发生了出人意料的变化……

6. 内景。夜。星星的小屋。

星星在画画。

一阵呜呜咽咽的哭声传来。

星星辍笔细听。

星星露出恐惧的神色，她一下子跳到床上，大被蒙头，半天才露出脑袋来，哭声仍然在继续，她把自己裹紧，一动也不敢动了。

7. 外景。黄昏。从三危山到莫高窟途中。

张恕骑着一辆嘎嘎作响的破自行车，肖星星坐在他的后座。

星星（OS）：大叶吉斯拒绝给我算命，理由是：古来真正的命理大师，都是算男不算女，因为女人命运变幻莫测……我想，他也许是对的……

星星：……什么算男不算女，我就不信古代有这种说法！这个大叶吉斯不过是找个借口罢了！不知怎么回事，我……我对这个人感觉不好。

张恕：唉，不算就不算，哪那么迷信，我就什么都不信！

星星：那……你对三危山招待所闹鬼怎么解释？那哭声……你可是和我一起听到过的……

张恕正想回答，突然，两人同时被什么震慑住了。

黄昏的三危山，突然变得死一般静寂。

在这一片静寂之中，一个穿着古怪服装的老女人，在七十三窟门口踽踽独行。

两人看得呆了。

8. 外景。同上。

一个日本旅游团远远走来，挥着小旗在七十三窟门口站队。

张恕突然低声地：走，咱们可以混进去。

张动如脱兔般混入了日本团中，肖星星也想加入，但是突然地，她像见了鬼似的，呆住了。

一个年轻的大学生，一个与她梦中那个男孩一模一样的人把她的视线吸走了。

那个男孩正俯在门口的石墩上，专心致志地用一张薄纸拓下石凳上的花纹。夕阳最后的余晖照在他身上，他整个人像是变成了半透明的。

肖的画外音：我真的非常非常吃惊，以为又是一个梦。

9. 外景。同上。

张恕混在日本团中，捡起一个掉在地上的小旗，打着，显得很傻的样子，眼看他就要进入洞口了。

突然，一只苍老的手从背后抓住了他，张恕猛然回头，一脸惊讶。

10. 内景。黄昏。敦煌文物管理处。

张恕抬头，看到敦煌文物管理处的牌子。在后面"押解"他的，正是七十三窟的那个老女人。

张恕走进。里面的灯光把人脸照得紫幽幽的，灯光下站着个高而胖的中年女人，短发，额前很不适宜地留了一圈刘海，但是起皱的脖子却暴露了她的年纪。这是一张观音大士般悲天悯人的脸，看人时带着一种垂顾的目光，这目光让张恕十分不快。

女人轻言细语、但却绵里藏针地：我看看您的证件好吗？

张：对不起，我没带证件。

女人：先别急着说没带，找找看。

张把自己的旧帆布包翻了个底朝天。一个小小的证件掉在桌子上——原来是他岳父王书记的高干医疗证。

女人飞快地拈起证件，眉毛惊奇地挑起来。

女人：你是王书记的什么人？

张勉强地：亲戚。

女人请他落座，张却仍一动不动地站着。

女人沉吟着：这么说，你是王书记的亲戚？……到这儿来有何贵干？

张吞吞吐吐地：我在北京搞壁画研究，特别是佛画，我很有兴趣……

女人好奇地歪着头：……王书记好吗？

张：还好。……怎么？你们认识？……

女人：我认识王书记。他对我们一直很关心，前些年，他曾经到这里来过，还对我们作了重要指示。……您叫张恕？（女人按铃，出来一个服务员模样的女孩）小马，你给这位先生办一张特别观光证。……您手持这种证件，可以随意看我们这儿任何一个窟。当然，可不能不守规矩哟。

张恕默默地观察着这个女人。

女人撕下一张台历，匆匆写下电话，又写了一个人的名字。

女人：有什么问题，可以去找这个人。他会帮你的。还有什么需要帮忙的，可以随时给我打电话。我叫潘素敏。……你可以走了。

潘素敏懒洋洋地站起来，摆出一副送客的姿势。

张恕打开纸条，上面除电话外有两个字：陈清。

11. 外景。傍晚。三危山招待所。

管理员老头拿着张恕的条子：这么说，你见过潘菩萨了？告诉你，陈清就是我，我就是陈清！

张恕盯了老头一眼。

陈清：我们这儿都叫她菩萨，你没觉得她长得像观音菩萨？

张：这个人在你们这儿是不是很有权势？

陈避而不答：既然她这么看重你，我也就不瞒着你了，把耳朵

135

伸过来！……再过两天，三危山要做大法事，到时候我想办法把七十三窟的钥匙给你。

张惊疑的表情。

12. 外景。夜。肖星星房间门口。

肖拿出钥匙开门，无意中碰到了门口一团黑糊糊的东西，她吓得倒退了几步，发现那是个人，蜷缩在那儿已经睡着了。

肖：喂！喂！你醒醒！你是谁啊？

那人迷迷糊糊地抬起头来，正是七十三窟门口拓画的男孩。

肖的画外音：没想到，我和梦中的那个男孩在这样的场合相遇了……

13. 内景。夜。肖星星的房间里。

男孩的皮肤像是焦褐色的鳞片，嘴唇渗出淡淡的血，声音嘶哑地：可以……可以给我喝口水吗？

星星吃惊地看着他：当然。

男孩几乎被水呛出了眼泪。

男孩滚动的喉结。

星星的目光慢慢变得温柔。

星星进入卫生间，打开水龙头放洗澡水。

星星走出来，拿出一个玉米，放在一个小电炉上慢慢地烤。

男孩：请问，这儿的招待所还有空房吗？

星星：这个点儿，上哪儿去找空房啊。

男孩叹了口气。

星星：去洗个澡吧，看你脏的！

男孩欲言又止，乖乖去了卫生间，把门关上。

星星在小电炉上慢慢翻动着玉米，若有所思。

男孩头发湿漉漉地走出来，换了一身干净的衣裳。

星星这才看了他一眼：他的确是个很俊气的男孩。身材瘦高，神情腼腆。

星星：就在这儿凑合一晚上吧，现在你没办法找到住处了。……你就睡这儿，我正好不想睡，我要工作。

男孩的眼睛已经快睁不开了，但还是很顽强地：不不……这怎么行呢？还是让我睡地铺吧，这……这已经很打扰了……

她没有再争辩，把柜里余下的一套铺盖拿出来，打地铺。

男孩马上帮她。男孩的手刚刚触到她，她突然凛了一下。

她默默地望着男孩：你叫什么？

男孩：向无晔。

星星：无晔？这个名字挺有佛性的。

无晔的脸红了。

星星把烤好的玉米递给他。

无晔神情羞涩地接过玉米，大口地吃起来。

星星：你有多久没吃东西了？

14. 内景。夜。七十三窟。

钥匙的金属碰撞的声音。

木门呀的一声，一道光照进来。

我们看见张恕打着手电走进来。

手电光扫过窟内一个个菩萨飞天的塑像。

视觉的冲击！——石窟背景那优美的莲花和飞天藻井，轮状花蕊的覆莲，那流动的飞云，旋转的散花，那飘舞的长巾，艳丽的葡萄、卷草与联壁纹，那云气动荡，衣袂飘飞的美丽的伎乐天，充满了异域情调，显示出高雅又单纯的装饰趣味。有无数的佛本生、佛传与经变的故事，……那无数的飞天、药叉、雨师、伎乐、羽人、婆薮仙、帝释、梵天、菩萨、天龙八部……如幽谷飞瀑一般涌来，涌来一部部恢宏的历史、美丽的神话、神奇的传说、气势磅礴的艺术品！

张恕被震撼得有些晕眩了，但依然固执地用手电光搜寻着……

手电光在阿难使者的塑像上停留了一下。我们看见它极像三危山的住持大叶吉斯。

手电光移到了角落的空白上。借助电光只能看见一叶残破的莲瓣、一只赭色脚指甲的肥白的脚趾,还有一小束璎珞。

他蹲下来,几乎把脸贴在墙上,忽然,他使劲吸了两下鼻子,好像闻见了什么。

张的内心独白:……好像是树胶的味儿啊……

突然,一束强光从他背后射过来,他回过头去,强光耀得他睁不开眼。他只能看见被反光滤得十分清晰的发丝。

一个令人恐惧的声音同时响起:什么人?!

15. 内景。夜。星星的房间。

夜深了。肖星星放下手中的画笔,静静地看着那个睡梦中的男孩向无晔。

男孩在地铺上睡得很安详。

(以下为星星的幻觉)

男孩慢慢从地铺上坐起来。

男孩慢慢割开自己的手腕。

鲜血一滴滴地淌下来。

鲜血奔涌汇成了河流。

连背景壁画也被染成了一片华丽的猩红色。男孩的脸色渐渐变得透明了……

星星咬住自己的手腕,压抑住惊叫,但一阵不可遏制的呕吐让她冲进了洗手间。她呕了又呕。

男孩被呕吐声迷迷糊糊地惊醒:……你怎么了?

16. 内景。夜。七十三窟。

张恕和那束强光依然对峙着。

我们看见张恕拼命克制着紧张的神情,但声音有些发颤:我是持有潘素敏签字的特别观光证的,你不信的话,现在就可以给她打电话。

这句话非常灵验,手电移开了,张恕立刻用自己的手电向她照去——这正是在七十三窟门前看到的那个老女人。张不禁打了个寒颤。

老女人：是你！你是潘菩萨的客人？

张：是的。

老女人：拿证件来看看。

张交出证件。

老女人凑近手电光，几乎把眼睛贴在上边，看了半天，长舒了一口气。

老女人：原来你是搞壁画研究的。深更半夜的来干什么？白天没看够？

张：这个窟进不来嘛。

老女人：你到底要看哪幅画？

张用手电指了一下那片空白处。

老女人：这有啥难的？这壁画虽然被盗了，原画还在嘛。

张：原画？什么意思？

老女人：这壁画是晚唐画匠的一幅临摹，原画是唐朝尉迟乙僧的亲笔哩！

张压抑着内心的激动：你……你是说，尉迟乙僧的真迹在你手里？

老女人点了点头。

张：你……你能不能……能不能……

老女人：你要想看那画，明晚子时上鸣沙山顶去拿！

张恕瞪目结舌。

17. 内景。清晨。星星的房间。

脸色苍白的肖星星半倚在床上，看着无晔把她的呕吐物清扫干净。

无晔：还难受？（停下手里的活，走向星星）扎一针吧，可能是急性胃炎。

星星：你走吧，天都亮了。管理员老头叫陈清，你去找他，可以订上房，好像只剩一间了，再晚就悬了。

无晔把洗好的衣服收起来。

无晔：衣服还没干。

星星：你说什么？

无晔：衣服还没干。

星星淡淡地：过两天再来拿好了。

无晔开始收拾东西。

无晔细长灵巧的手。

少得可怜的东西迅速装进一个手提袋。

那双灵巧的手开始收拾别的东西。

星星头也不回地：放那儿吧，不用你干。

门呀的一声响。星星这才条件反射似的撑起身子。

走到门边的无晔也在看着她。

门边的小桌子上有一块石头，一道阳光从窗帘的缝隙中透出来，正射在上面，石头显得晶莹而绚丽。

星星收回目光：你的东西，别忘了拿。

无晔：是送你的。是我在古董摊上捡的。

星星慢慢从床上坐起来。

无晔：我……我想等你好了再走，起码……可以照顾你一下……

星星：你能照顾什么？

无晔：当然，我是学医的。

无晔已经在地上坐下来。两条腿伸得长长的，头埋在双腿中间，手袋扔在一边。

星星：学医的？什么科？

无晔：中医。

星星：哦……未来的中医大夫！难怪这么富于人道主义精神。

无晔并不理会她语调中的嘲讽，用一种近似命令的口气说：把手拿来，给你号号脉。

星星犹犹豫豫地把手伸过去。

无晔为星星诊脉，极为专注。

无晔：……你脉象很沉，邪热壅胃，像是中医说的百合病，肺虚而胃阳不足，似乎有热，又不发烧，气血不能濡润百脉，百脉俱病，最容易发生的就是呕吐和泄泻……

星星的脸色越来越苍白。

无晔：你怎么了？

星星：没什么。……你讲得很好，可惜，大夫的话，我从来不信。

18. 外景。日。星星的房间外。

张恕走向星星的房间。

突然，他站住了。从窗外可以看见那个男孩正在给星星扎针灸。

张恕迷惑不解的眼神。

星星躺下，掀开上衣，无晔在给她扎中脘。

突然，窗帘哗地关上。

张恕靠在窗上，表情复杂。

远远地，他好像看见那个神秘的老女人的身影，正慢慢地向管理员陈清的房间移动。

19. 内景。日。星星的房间。

无晔在为星星煮面条。

蒸汽弥漫着房间。

星星静静地躺在床上，看着无晔忙碌的背影，眼神渐渐变得温柔起来。

无晔端着面走向星星。

无晔喂星星吃面。

星星：你一个人出来，妈妈放心吗？

无晔：我没有妈妈。……我是跟着姨妈长大的。

星星：哦……你多大？

无晔：二十一。

星星自语般地：哦，这么小，还在上大学呢吧？……

无晔：那又怎么了？

星星：你说什么？

无晔：……我没说什么。

窗外，三危山变幻莫测的云朵在慢慢变暗。

20. 外景。夜。鸣沙山。

夜晚的鸣沙山与月牙泉，被一种钢蓝色笼罩着，显得神秘、幽寂。

光着脚的张恕如一只壁虎一般爬向鸣沙山的尖顶，光滑的沙粒仿佛一面镜子，可以折射出张恕扭曲的身影。

山顶上，一轮同样钢蓝色的残月发出幽幽的蓝光。

月亮下，是一个少女的身影。

这是个极为美丽、妖冶的少女。一张充满西域色彩的脸，双眉入鬓，眼睛亮得如同星月。她手里拿着一卷画。

张恕呆了，他拿不准是梦还是醒。

少女将画递给他：这是俺妈让俺给你的。

张恕更加吃惊：七十三窟的那个女人……是你妈妈？

少女：是。

张恕打开捆画的绳子，被少女拦住。

少女：回家再看吧，这里山风大，小心吹坏啦。

张恕复又将画捆好。

张恕盯着她的眼睛：告诉我，这画是真的么？

少女：当然是真的。

张恕：你妈怎么这么信得过我？

少女：俺们裕固人心都诚嘛。

张恕：你叫什么？

少女：玉儿。

张恕：在哪儿工作？

玉儿：俺还小，在念书呢。

张恕：你爸爸在哪儿工作？

玉儿似乎犹豫了一下：他……不在了。

张恕：那……你们的日子一定很苦吧？

张恕从自己的旧钱夹里拈出了二百元钱，他抬起头，却看见玉儿眼中讥笑的神情。

21. 内景。深夜。张恕的房间。

张恕小心翼翼地将那卷轴慢慢打开。

吉祥天女沐浴在莲池之中。旁边有一胖乎乎的小儿。色彩经过千年的沉淀已经完全陈旧，所剩下的基本是赭石与石绿。尽管经过精心的裱糊，但画面非常之脆，仿佛一触即溃。吉祥天女那一双大而惊恐的眼睛，令人毛骨悚然。

张恕拿画的手颤抖起来。

22. 内景。深夜。肖星星的房间。

星星一个人坐着，一动不动地盯着桌上的那块石头出神——那是无晔送给她的。

23. 外景。阳光明媚的早晨。通向小卖部的路上。

星星和无晔像一对无忧无虑的青年学生，边走边说笑着。

管理员老头陈清迎面走来。

他们因为自己心情的快乐，友好地向陈清打招呼：你好！

星星：送你一瓶二锅头！北京带来的！

星星把二锅头塞给他，老头立即笑了。

24. 内景。日。敦煌小卖部。

星星和无晔在买拓片。

两人一张张地翻找着，突然，星星发现一幅印得十分拙劣的吉祥天女沐浴图，她向无晔示意，两人均不动声色。

星星：这种拓片我要很多，能和你们老板谈谈吗？

售货员犹豫了一下，示意他们跟她走。

他们沿着一部木制的楼梯下到了一个破旧的地下室。

楼梯发出空洞的声响。

旧陋的地下室里，墙壁上钉着几块兽皮。有两个女人倚着兽皮坐在那里，我们看到一个是七十三窟的那个老女人，另一个正是美丽的少女玉儿。旁边是一块很漂亮的毯子。

星星觉得自己的眼前一亮。

镜头慢慢上摇，只见玉儿盛装而坐，戴一顶平顶帽，帽顶上垂下大红缨络，珠帘搭在胸前的辫子上，缀满了彩珠、银牌、珊瑚、贝壳等饰物，明艳照人，与身边衣着寒酸的老太太形成了强烈的反差。

玉儿：老板不在。

星星：老板不在，就找你。

玉儿：我做不了主。连俺娘也做不了她的主。

星星：她是谁？

玉儿回避：你们下回再来吧。

星星：这是你织的毯子？

玉儿：是。

星星：就在这小卖部里卖？

玉儿点头。

星星注视玉儿良久：你愿意做我的模特儿吗？

玉儿不解地看着她。

星星：我是说，我想为你画幅肖像。

玉儿：你住在三危山招待所？

星星点头。

玉儿：那好吧。

玉儿娘：咋能叫人画呢？丫头你疯了？

星星急掏自己的美院工作证：大娘，你放心，我是画家。

玉儿娘正襟危坐：俺们不兴叫人画，画得俺丫头魂跑了哩！

无哗把身上仅有的一百元塞在老女人的手中。

25. 内景。傍晚。星星的房间。

星星在为玉儿画肖像。

玉儿一动不动，静得像一棵植物。

144

张恕静悄悄地走进来。

玉儿含情脉脉地看着他。

张恕避开她的目光。

星星：你认识他？

玉儿没有回答。

星星：你练过瑜伽？

玉儿：佛祖在菩提树下修炼了七七四十九天，才证得了无上大菩提，成了佛。俺的功夫差得远着呢。这里有很多修瑜伽女，俺算不上什么。

星星：原来你是修瑜伽女！

玉儿眼睛看着张恕，点了点头。

星星的画外音：……我做梦也没想到，玉儿那么痛快地答应我做肖像模特儿，完全是为了张恕……实际上，直到那天无晔拉我去榆林窟，我们这个故事才真正地开始了……

26. 一双手打开了那部残旧的羊皮书。

手握着一支铅笔，写着：

第二篇：俄那钵底（字幕）

俄那钵底，藏语的意思是欢喜佛，这种双身的结合，犹如鸟之双翅，车之双轮，缺一不可，据说男女双修，可以迅速得道，于是女性在佛教中被歧视的地位得以修正。

画面上各种姿势的欢喜佛。

27. 外景。日。通向榆林窟的盘山路。

巨大的沙尘暴骤起。

汽车在风沙中颠簸着，星星看见很多乘客的嘴都在动，却不知他们说的什么，风沙把所有的声音都吞没了。她有些怕，下意识地靠紧了身旁的无晔。

在盘山道的转弯处，方向盘突然失灵。

星星被强大的离心力抛到空中又跌落。

在失去知觉前的一瞬间，她好像看见风暴中有无数五颜六色的碎片。

28. 内景。夜。张恕的房间。

张恕在翻找藏画的地方——那幅画不见了！

张恕狂翻一气，最后丧气地倒在床上，用被子蒙上头。

他突然坐了起来，同时听见一声娇笑。

他跌跌撞撞地去拉灯绳，差点被绊倒。

灯打开了。雪亮的灯光清晰地照见床上的玉儿。她正伸出一只手臂遮着脸，嘴角却在笑，一副千娇百媚的样子。

张恕惊过之后大怒：你！开什么玩笑！

玉儿把手臂拿开，用一双琥珀般美丽的眼睛盯着他。

张大吼：快走！别在这儿丢人现眼！

张的吼叫是为了压抑他心里的恐惧。他背转身。听见一阵窸窸窣窣的声音，然后是一个美丽非凡的胴体从他身边掠过，那一头长发轻轻拂动了他一下，他不由一凛。

玉儿倚在门框上，一只手拎着一件鲜红的绸衣，那绸衣在空气中仿佛发出一种奇怪的音响。

玉儿：我把画儿拿走啦，你不后悔？

张恕不顾一切地一把扯开绸衣——那里面裹着画儿。

与此同时，玉儿的双手紧紧搂住了他的颈子。

他像中了魔咒一般动弹不得了。

窗外狂风呼啸。

29. 外景。夜。榆林窟附近的停车场。

狂风呼啸。飞沙走石。

一片昏黑中，无晔背着星星在向停车场爬。他的双膝不断渗出鲜血，染红了黄沙。

星星努力睁开眼睛，却只能看见一片漆黑中的幢幢鬼影。她怕极了，更紧地抓住了无晔。

她看见脚下那一团蠕动的泥沙中有鲜红的血。

无晔终于把星星背到了停车场。他脸呈死灰，满身黄沙，裤管上一片鲜血。

停车场的调度员惊得目瞪口呆。

30. 内景。夜。张恕的房间。

夜半，风息了。张恕突然惊醒。

身旁的玉儿在熟睡，嘴巴贪婪地张着，他像是做了个噩梦似的，惊惧地看着她。

他起身走到窗前，点了一支烟。

窗外的星月慢慢出现了。

烟蒂烫到了他的手指。

31. 内景。夜。停车场附近的汽车旅馆内。

星星和无晔用一盆水在洗脚。

星星：……还出血吗？

无晔：没……没事儿了。

星星：……谢谢你……

无晔：用不着。我背着你，就像耶稣背十字架那么迫不得已。

星星惊奇地看着他：无晔！

无晔默默地看着她。

星星：……明天，我们去三危山看日出吧。

32. 外景。清晨。三危山。

太阳正冉冉地从三危山升起，在浅紫的背景上，太阳发出一种软弱无力的白色。周围的云朵吸走了太阳的光线，把太阳的金光完全滤了出来。那金光在山的缝隙中顽强地挤出来，形成一片佛光瑞霭。

星星久久注视着无晔，她发现他的瞳孔出现了一点淡金色，如同佛光。

星星举起相机：别动，无晔，别动！

她拍照的那一刹那，他眼睛里的淡金色消失了。

无晔：……怎么了？给你也来一张？

星星摇头。

无晔轻轻搂住了她的肩头，弯下身欲吻她。

她转开脸，双臂搂住他的颈子，把头深深地埋进他的胸膛。

两人一动不动地相拥着。

三危山的风吹拂着她的头发。他吻她的头发。

无晔：真好。

星星：什么？

无晔：真好。一切都好。就这样，永远不动，变成两座石像就好了……

星星收回手臂，怕冷似的抱在胸前。

他再次托起她的下巴，把嘴唇凑近。

她的目光有些迷离，头轻轻转开。

无晔：怎么了？

星星：我不想这样。

无晔：为什么？

星星：就是不喜欢……和别人一样……

无晔：我不明白你的意思。

星星：我也没打算让你明白。

无晔吃惊地看着她。

星星的口气里充满绝望：我……我很怕……真的……

无晔：可是你心里在想，你想的和我一样！

星星沉默，但依然倔强：……不，我在想，什么都是，有开始就有结束。……我很怕……真的无晔……我做过一个梦……

无晔不容她说完：这是胆小鬼的论调。

一片沉寂。太阳高高升起来了，那一片金光变成了一片白光。

星星轻轻地：你说得对。

她转头走了，突然又回头说了一句：你知道吗无晔，刚才你眼睛里有佛光，可惜我没抓住。

无晔在太阳光下变成了一片镂空的剪影，显得十分不真实。

星星迎着三危山的山风走着。

星星内心独白：我拒绝了他，可心里却在喊着相反的声音，不，我一直想真正爱一次，完整的，哪怕是炼狱，我也要入一回！也许爱情在现在已经太奢侈了，可我还是相信她存在，只是她必须无视他人，撕开甲胄，哪怕被伤得鲜血淋漓也无怨无悔，你想恋爱么，你就必须是个勇敢者，冒险家，同时又要打破一切美好结局的幻想，因为，真正的爱都是没有结局的……可是，假如真的像那个梦一样，把他害了怎么办？！……

星星在山风中渐行渐远……

33. 外景。日。星星房间前的小院。

星星在画画。

星星的旁边已经扔了一堆废稿。

她再次把一团草图扔开去。

她突然发现草图都被一双手拾起来，那人蹲了下来，是张恕。

张恕：这着可不太好，不太符合环保要求。

她抬眼看着他。

张恕：听说你们在榆林窟遇险了？

她没回答。

管理员老头陈清走过来：姑娘，榆林窟可不是一般人能去的！那儿有一尊大佛爷，脑门儿上有一颗乌黑乌黑的大眼珠，所以叫三眼佛，你们那天去，正赶上三眼佛不高兴，这是因为你们那里头有走背字儿的！

星星调皮地：那您看我像走背字儿的吗？

陈清：你倒不像，我看那个小伙子，叫什么无……无晔的，悬！该叫他去大叶吉斯那儿看看相！

星星突然一惊。

那个奇怪的梦再次在她眼前掠过：

石窟画面出现，水池中间站着一个男孩，蒸汽升腾，男孩的面目不清，男孩慢慢拿起一把刀，割开自己的手腕，鲜血喷射出来，远远看去，那男孩简直像个血的喷头，鲜血很快染红了池水……

石窟背景那优美的莲花和飞天藻井，轮状花蕊的覆莲，那流动的飞云，旋转的散花……还有无数的飞天、药叉、雨师、伎乐、羽人、婆薮仙、帝释、梵天、菩萨、天龙八部……都慢慢被染成了一片华丽的猩红色。

男孩渐渐变得透明了，似乎变成了一张透明的纸片儿……

星星的脸变得苍白了。

34. 外景。日。三危山招待所。

星星听见自行车铃响，打开门。

无晔骑着张恕那辆破自行车，捏着闸，两只脚着地，正看着她。

无晔：你不是一直想看密宗洞么？帮你联系好了。

星星惊喜：真的？张恕不一块儿去？

无晔：他说有事儿。……要是你请就肯定没事儿了。

星星：瞎说。

星星的挎包太大，挎在车把上无晔上不了车，她便把挎包背着，坐在无晔的车后。

无晔：那包是不是太沉了？

星星：没事儿。

35. 外景。日。去密宗洞的路上。

无晔飞快地蹬着车。

星星：这包真讨厌，把我肩膀都快勒破啦。

无晔立即捏闸，双脚着地。下车把包夹在车后。不由分说地把星星抱到大梁上。

无晔：让你别拿，还非逞强！

星星红着脸无言以对。

星星：……要不咱们别去了……

无晔：又怎么了？

星星：我……我总有一种不祥的预感……

无晔：别那么迷信，跟我在一起，没问题！

他自信地挥一下手，再次把车蹬得飞快。

36. 外景。晚。山腰上的密宗洞与旁边的小卖部。

小卖部门前的一只大黄狗疲惫地看着他们，连吠也没吠一声。

星星：这狗为什么不叫啊？

无晔嘻嘻一笑：大概是佛本生吧？

星星：你老是这么亵渎神灵，要遭报应的。

无晔跑过去抱住大黄狗：我早就跳出三界外，不在五行中了！……给我们来一张……

星星举起相机，突然，呆住了。

一个纤瘦的姑娘出现在小卖部门口。她穿一身紧身便装，长发齐腰，额前勒一条杏黄色的丝带，如一把利剑般站得笔直，透出一股冷峭之气。

星星向她笑笑，她毫不理睬。

两人径直向密宗洞走去。

瘦姑娘在后面说了一句什么。

星星和无晔对望了一眼，显然两人都没听懂。

两人走进窟门。

姑娘在后面突然哇啦哇啦大叫起来，那声音如同金属在玻璃上割裂。

星星面呈恐惧之色。

37. 内景。晚。密宗洞内。

手电光在壁画上来回巡视。

无晔在打着手电。

星星几乎是趴在画面上看。

星星（OS）：欢喜佛由大荒神与观自在组成，是明亮的石绿与深沉的赭石。远远看去像一幅中国古代的太极图。

无晔看着星星的后背，觉得她已经融入了太极图之中。

星星大梦初醒般地自语：好奇怪啊！

无晔：什么？

星星：我说，好奇怪。

无晔：你说的是这幅画？

星星：……也不完全是。你没发现，中原佛教里那些慈眉善目的神，在藏传佛教里都变成了一副凶恶相儿？

手电光照向面目狰狞的吉祥天女。

星星：你看，那么漂亮的吉祥天女，怎么成了这样，到底什么才是她的真面目呢？

无晔：书上说，藏传密宗里的吉祥天女，原来是个残忍的妖神，后来被金刚手收服了之后，才成为护法神。你瞧她戴的念珠，是人骨做的，身上披的是亲子之皮……

星星打了个寒噤：是啊，北方天王的妻子，怎么会变成这样的恶鬼啊？这里面，一定有很可怕的故事……

38. 外景。密宗洞外。

天色越来越黑。

瘦姑娘如利剑一般笔直地站在黑暗中。

几个男人正在神秘地向她靠拢。

39. 内景。密宗洞。

星星着迷般地看着。无晔举手电的胳膊显然是酸了，只好用左手托着右手，两只脚倒来倒去的。

无晔：其实我有办法把这画粘下来。

星星回过头看着他。

无晔：很简单，用一种特殊的树胶，过去洋鬼子偷壁画都这么干，现在布鲁塞尔博物馆还有很完整的一幅呢！

星星笑了：你怎么会有这样的怪想法？

无晔：你那么喜欢嘛，看你那着迷劲儿。

40. 内景。同上。
大吼大叫的声音如惊雷一般突然爆炸开来。

那个藏刀一般的瘦姑娘像是突然冒了出来，狠狠抓住了无晔的手腕。

黑暗中出现了六七个壮汉，星星只看见黑暗中那些狼一般的绿眼。

星星冲过去，求告着：姑娘你搞错了，他不过是开个玩笑，姑娘，求求你放了他，姑娘……

无论星星如何哀求，那些人像是根本听不懂她的话，谁也不理她。

眼见着无晔被交到那群壮汉手里，徒劳地挣扎着，星星再也忍不住，破口大骂起来。

星星：你们这群混蛋！混蛋！！！你们放了他，听见没有你们放了他！不然我立即报警，把你们统统抓起来！你们听见了没有！！！

他们像是根本没听见星星的叫骂，他们推开她，她站立不稳几乎摔倒，那个瘦姑娘冷冷地笑了，从靴子里飞快地抽出一把短剑，刺向星星的胸口，但是她并没有真的刺，就在星星一怔的时候，她的短剑已经入鞘，划出一道弧光。

眨眼之间，一群人消失得无影无踪。

星星追了出去，她看见黄昏最后的一缕光线消失在三危山后面了。

星星拼命地追，一头黑发被山风吹得高高扬起……

41. 内景。夜。招待所张恕的房间。
玉儿和张恕显然刚做过爱，玉儿对着镜子，在梳理散乱的头发。

又深又亮的头发，梳成一根发辫，像是一条巨大的金蛇。

张恕拿着那幅画在欣赏。

张：玉儿，这画，你妈妈没催着要吧？

玉儿：没。……你要这幅画，到底想干啥？

张恕显然欲盖弥彰：……我是研究壁画的，这幅画在壁画史上很重要……

玉儿兴奋地：很重要？真的？

张掀开窗帘向星星的住处望去：一片黑暗中有一星小小的火光，是陈清蹲在外面抽烟。

42. 那双柔软的手在美而陈旧的羊皮书上写下：

第三篇：观音大士（字幕）

观音是佛国众菩萨的首席。她在世俗世界的知名度，绝不次于释迦牟尼。菩萨的责任是协助佛普度众生，了却一切烦恼，永远欢乐。

画面上，观音在正中合掌，周围是她的各种形态。

43. 外景。深夜。密宗洞附近的山脚下。

塞外的风在刮，听起来是一种怪异恐怖的声音。

肖星星在风中惊惶地四顾着。除了沙地上的沙柳在风中摇曳，周围空无一人。天空的浓云好像不断坠落，和三危山融化在一起，变得墨一般黑。

星星的画外音：在那个月黑风高的夜晚，我迷路了……恐惧浸透了我的全身，好像有什么野兽的冰凉的鼻子在蹭着我的脚后跟……我飞快地走……

突然，那只老狗挡在了她的眼前，阴险地瞪着她，形同鬼魅。

她捂住嘴，努力让自己的惊叫淹没在喉咙里。

这时，一辆黑色的小轿车无声无息地停在了她的身边。

一个中年女人探出头来：你去哪里？

星星定定地看着那女人，发现那女人慈眉善目，很像观音大士。我们看到那正是潘素敏。

星星如同得救了一般：请……请您送我去当地公安局，我要报案。

潘惊奇地扬了扬眉毛：报案？上来说。

星星上了车，她发现司机旁边还坐着一个人，那人并没有回头，但她觉得那人的背影有些熟悉。

车起动了。

星星对潘：我应当怎么称呼您呢？

潘微笑不语。

星星：您……您是做什么工作的？

潘并没有回答她的话，只是微笑着问：说说，为什么要报案？

星星：……是这样的：我的一个好朋友，一个来这儿旅游的大学生，今天我们一起来参观密宗洞，结果他被一群人劫持了……您说我该怎么办？

潘十分关切的样子：哦？他叫什么名字？

星星：向无晔，是北京来的医学院大学生。

潘：说说当时的细节……

星星：……当时……

星星（OS）：我简直被这个女人迷住了，她的微笑里藏着悲悯，温和中含着威严，那形象简直就是人们心目中大慈大悲救苦救难的观世音菩萨……我想，她一定会帮我……

星星：……情况就是这样，您……您能不能帮帮我？……

潘：第一，你不要报案，这儿的情况，比你想象的复杂，报案，只能让情况更糟。第二，你不要再对别人讲这件事。如果你相信我，我会亲自处理这件事的。放心，你的朋友本周之内就会回来。

星星惊喜地：……这……我怎么感谢您才好？！您太好了！……

潘微微一笑：不必客气。现在我们去哪儿？

星星：三危山招待所。

潘对司机：三危山招待所。

就在这一刹那，司机旁边的那个人突然侧了一下头，星星不由打了个寒噤。

他是大叶吉斯。

星星的眼部特写：她的目光渐渐变得惊惧……

44. 内景。日。星星的小屋。

星星在继续画那四幅《吉祥天女》。张恕在一旁看着，手里端着一碗粥。红绸裹着的画放在桌上。

张：……你得吃点东西了，这么着下去，身体非垮了不可。

星星停下笔：已经是第四天了，还有一天，……明天他就会回来了。你说……那个观音菩萨不会说话不算数吧？

张：什么观音菩萨？你说的是潘素敏？

星星：你认识她？

张点点头，皱起眉头。

星星：怎么了？

张：没什么，……不过我有一种感觉，完全是下意识的，我觉得那个女人很不简单。

星星呆呆地看着他：……那怎么办呀！现在报案还得及吗？……无晔会不会……

张：也只好听天由命了。反正离她说的时限还差一天，明天无晔再不回来，我们就立即报案。

星星：……我倒是想起一件很奇怪的事：大叶吉斯坐在副驾驶的位置上。

张一惊：你是说，大叶坐在潘素敏的车上？

星星点头。

张陷入沉思：这么说……我的推测是对的……

星星：什么？

张：没什么……以后再告诉你。你喝点粥吧，都快凉了。

星星接过粥：谢谢。（心不在焉地喝着粥）

张怜爱地看了她一眼：你在家也是这样的吗？……出来这么长时间，你男朋友不会提抗议？

星星：我……还没有男朋友。你呢？你结婚了吗？

张恕：结了，又离了。

星星哦了一声，欲言又止。

张恕：人哪，有两种本能，渴望自由，又逃避自由。

星星：我好像刚刚尝到点儿自由的滋味儿，还没到想逃避自由的时候。

张打开电炉，把两只玉米扔进水锅里：问一个大概不该问的问题，可以吗？

星星：问吧。

张：你和……向无晔过去就认识么？

星星：不。

张：那么你们认识是在我之后？

星星：你要说什么？

张：没什么。

星星：没什么就好。……那是什么？

张：哦，就是我说的那幅画，请你给看看。

张打开那幅红绸裹着的画：吉祥天女沐浴图。

星星展开，认真地看着。

星星：很漂亮。可惜是假的。仿得一般，做旧的功夫也不行。

张恕怔住。

45. 内景。夜。张恕的客房。

张恕靠在床上看书，玉儿穿一袭红衣，如同一朵红云般飘了进来。

玉儿熟练地脱掉红衣，露出里面的绣花内衣，爬到张恕身边搂住他。

他毫无反应，连看也不看她。

玉儿惊异地：你咋了？

张不语。

玉儿委屈地：你咋了嘛？！

张凝视着玉儿，玉儿眼睛里冒出委屈的泪水，张的目光慢慢下移。

玉儿的下巴在微微发抖。

玉儿的胸脯在起伏着，越来越剧烈。

张突然一把抓住玉儿，将她的两臂反拧在后：你！……你是个妖精……

玉儿裸露的肩头像窗外的星星一般闪烁。

张扑了上去。两人激烈地做爱。

窗外，一轮橘黄色的月亮。

46. 同上。

玉儿从极度的眩晕中醒来，她的整个身体还在有节奏地搏动着。

张：你走吧，以后别再来了。

玉儿迷惑地看了他一眼，他的形象好像蒙在一团迷雾之中。

张：没听懂我的话么？

玉儿仍怔着。

张的声音筋疲力尽：听懂了，就走吧！以后不要来了！

玉儿的表情在慢慢变化。突然，她晃着一头栗色的长发，狂笑起来。

玉儿：好狠心的男人！俺娘说得对，男人没有好东西！告诉你，你别美了！俺从来没爱过你！从来没有！……俺爹说你有贵人之相，俺是来找你修瑜伽密的！没想到吧？……哈哈哈……

张冷冷地：你爹？你不是说你爹不在了？

玉儿：咋不在？俺爹活得好好的，俺那是哄你的，你觉着挺聪明是吧？有学问是吧？上了俺的当，悔不悔？！……

张冷笑：哼！早知道你在骗我，连画也是假的，七十三窟被盗的那幅壁画才是真品。……喏，拿去！还给你！

玉儿一头舞动的长发都垂了下来，她死死地盯住张恕。

突然，玉儿狠狠给了张恕一记耳光。

张呆住。

47. 内景。夜。七十三窟门口看守人小屋内。

玉儿在痛哭。

玉儿娘——看守七十三窟的那个老女人坐在一旁，打开那幅画，反复看着。

玉儿娘：我不信，不信，这幅画是我尉迟家世代相传的宝物，哪会是假的！他那是说瞎话哩！……还有脸哭！你也是活该！潘菩萨叫你摸摸这个人的底，谁叫你把身子都给他了？潘菩萨叫你做的事也没做成，真是偷鸡不成蚀把米！养你有什么用？！

玉儿哭：谁叫你养了？谁叫你养了？……再说，俺又没真爱他！俺爹说他有贵相，俺是找他修瑜伽密哩！

玉儿娘：放屁！又听你那个混蛋爹的！他是瑜伽弟子么？！找个大俗人修瑜伽密，也亏你说得出口！

玉儿声气小了许多：俺以后不去就是了！娘，你也别生这么大气。

玉儿娘：论这些，你真是比你姐姐差远了！

玉儿突然愤怒地：那你和她过！那你和她过啊！她理你吗？她理你你就去啊！你贱不贱啊！你去啊！你去找她啊！

玉儿娘脸色苍白，拄着杖走了出去。

玉儿再次趴在床上痛哭失声。

多年以前发生的一切历历再现……

48. 闪回 1。

肖星星的画外音：玉儿在十四岁那年，经历过一件让她终生难忘的事……

在一个空旷的佛寺内，十四岁的女孩玉儿在大殿里跑来跑去，寻找着什么。

她转到大殿后面，看见一道黑沉沉的帐幔，帐幔前跪着个年轻后生，正在闭目祈祷，一脸虔诚的样子。

她悄悄从千手千眼观音身后蹭进帐幔。

一种压抑着的喘息和啜泣声。

一个男人正压着一个少女。

她惊呆了，那个男人突然回过头来，那正是她的爹——我们看到那正是大叶吉斯。

大叶用一根手指指着她，她像中了魔咒似的退了出来。

49. 闪回 2。

玉儿靠坐在大殿里描金的大红立柱边哇哇大哭。

大叶在一旁哄她。

大叶：这是爹在修炼无上瑜伽密，是十三级灌顶的最高等级，懂吗？男女双修，是要向佛祖献出赤白二菩提心的，你还太小，这个将来爹再讲给你听。过去爹是做过金刚上师的，初次灌顶的仪式，必须在曼陀罗前举行，要沐浴，啊，就是要洗得干干净净的，由我拿一个装圣水的宝瓶，受灌顶的弟子跪在我面前，由我向他的头顶洒水，再用尕巴拉，也就是人头骨碗，盛上青稞酒，弟子要一饮而尽，然后我来引导他选一位本尊神，这样他就可以开始修行了……

玉儿听着听着，止了泪，撒娇地：爹！那我也要灌顶，修瑜伽密！

大叶极严肃地：胡说！哪有小孩子受灌顶的？！我的女儿聪明，将来跟着我，练练一般的瑜伽功，祛病养身足矣，万不可练五部金刚大法，就是有人找你你也绝不可练！

那个年轻后生出现在他们眼前，向大叶恭敬地：上师，弟子已经修习过密法了。

她回眸望去，正好与年轻人的目光撞在一起。

50. 闪回 3。
内景。夜。大殿。
玉儿与那个年轻人"修瑜伽密"。
大叶突然出现，一棍将那人打晕。
玉儿惊呆。

51. 闪回 4。
内景。日。玉儿家。
大叶跪在释迦牟尼像前，痛哭流涕。
玉儿娘领着玉儿在一旁站着。
玉儿娘冷眼旁观。
大叶：我佛如来，弟子罪孽深重，愿修来世！弟子明日便去三危山寺院剃度修行，只求你保佑我的女儿，平平安安，再不受恶鬼困扰！……呜呜……
闪回完。

52. 内景。夜。看守人小屋内。

星星的画外音：很久之后我才知道，大叶吉斯根本不是什么裕固人，更不是藏人，他是个地地道道的汉人，是内地逃到西藏的残匪，后来又到了敦煌……

玉儿拾起那幅画，发狠想撕，又放下了。

玉儿再次痛哭起来。

53. 外景。夜。三危山招待所。

星星和张恕在招待所的小路上慢慢走着。

张：……最后一个晚上了，你也别想太多了……

星星突然站住：……可能我一开始就应当报警，可能……我已经把无晔……害了！

星星无法克制地哭起来。但是她很快止住哭声，因为她突然听见另一个女人的哭声。

两人循着哭声来到管理员陈清的窗前。

尘土很厚的窗口。

透过窗帘，朦胧可见室内的情景：

陈清面对着窗子，背对着窗子的正是玉儿娘。

哭声不断地传出来。

陈清：你也别太难受了！都是命！……

玉儿娘：……俺也知道都是命，可祖传的宝画叫俺给失了，俺难受哩！俺琢磨着，一定是大叶这混蛋把画给换了！呜呜呜……

陈清：别瞎想！大叶住持是个厉害人，猜错了要出人命哩！

玉儿娘：早晚俺要和他拼了这条老命！反正活着也没甚意思，生了两个丫头，一个丫头不认娘，一个丫头不争气！还活个甚！

陈清：没意思也得活人哩！快别哭了，你这一哭，我心里也……

张恕和星星交换了个眼色，两人离开。

星星：原来是她在闹鬼！

张自语：看来，这两个人，可以排除掉了。

星星：你说什么？

张：……没什么。

两人渐渐走进黑暗中。

54. 内景。夜。敦煌某地。

巨大的房间，周围的墙壁全部刷上了猩红色，那是一种令人昏昏欲睡的颜色。令人震惊的是，这个场景与前面星星梦中的场景完全一致：在那一片猩红中，可以若隐若现地看到许多临摹的壁画，充满了诱惑，却又令人窒息。

无晔双手捧着头，闭着眼，神情惶恐，忐忑不安。

钥匙开门的金属放大的碰撞声。

两盏暗红色的地灯同时亮起，一个巨大的黑影投射进来。

无晔惊恐地睁开眼，看到那是一个面容慈和的女人，我们看到她正是潘素敏。

潘温和地：听说你不舒服了，无晔，晚上喝点粥吧。

潘亲自端了一个托盘，上面放了一碗热粥，一碟腐乳，一碟火腿和几块切糕。她亲自为他盛粥，态度温和而又耐心。

无晔像是抓到了一根救命稻草。

无晔：请……请问您贵姓？

潘微笑地：别问这些了，快吃吧。你的事情今天就可以解决。

无晔半信半疑地看了她一会儿，显然是相信了她的话，他端起粥，三口两口就吃完了。

潘和蔼可亲地坐在他的身旁：好了，小伙子，把碗放一边，让我们谈谈。……整个事情我都知道了。那天，你和你的朋友不经允许就闯入了密宗洞，而且，策划着怎么盗窃洞里的欢喜佛壁画，有这回事吧？

无晔吃惊地：不不，根本不是这回事，我是在开玩笑！……

潘仍然和颜悦色：算了，这件事还是承认了好。你的话，已经给录下来了，又有人证，按照现在的情况报到有关部门，就可以定你的罪了，可是我们还是考虑你年轻，想挽救你……

无晔的脸涨得通红，气愤地：这完全是诬陷！……

潘的口气越来越温软：这件事说大也大，说小也小，就看你的态度了……告诉我，七十三窟那幅《吉祥天女沐浴图》上哪儿去了？

无晔惊呆了。

潘：盗窃七十三窟壁画的作案手法，和你自己说的一模一样。只要你承认了，一切事就好办。我看你是个挺机灵的小伙子，对这种事，最好选择一种聪明的方式。

无晔终于怒吼起来：不！不！我从来没碰过七十三窟壁画！有人在栽赃陷害！……我那天绝对是开玩笑！我任何壁画都没碰过！……

无晔的吼声发出回音，他惊疑地看看四周，这像是个办公室，更像是个石窟。

潘慈祥如故，依然耐心：无晔，坐下。我看你情绪有点失常，得静一静，按我说的去做，就静下来了。

无晔呆呆地看着她，犹豫地坐下来。

潘温和地：好极了，你休息一会儿，躺在沙发上，歇一会儿。就这样，全身放松……从脚趾开始，脚指头热了么？好，咱们慢慢来。脚心热了么？……这股热气慢慢到了三阴交，……又到了足三里……

无晔望着天花板，眼前出现了一片红雾，渐渐变浓，又散去……

潘的声音催人欲睡。

潘：重复我的话，重复我的话……七十三窟的壁画……叫作《吉祥天女沐浴图》……是被一种特殊的树胶粘走的……

无晔的眼前，天花板上的雾气越来越重了……

55. 外景。日。密宗洞附近。

张恕的双手拧着密宗洞上的锁，像是要把那锁拧断。

大锁纹丝不动。

张恕狠狠地踹了木门一脚。

张下意识地回过头来，一个女人正在后面看着他。我们看到那正是小卖部的那个瘦姑娘。

姑娘身旁是那条令人恐怖的老狗。

56. 内景。日。敦煌小卖部。

张恕在柜台前转来转去，瘦姑娘毫无表情地直立在那儿，无声无息。

张趴在柜台上：请你……给我拿那本画册看看好吗？

瘦姑娘把画册放在柜台上。

张翻了翻，放在一边。

他一本本地看，画册在他身边堆了一大摞。

瘦姑娘仍然毫无表情。

张突然地：有密宗洞的拓片么？

瘦姑娘依然毫无表情。

张乱打了一通手势：你没听懂我的话么？

就在张无望地准备出门的时候，他突然听见背后瘦姑娘低低的声音。

瘦姑娘：你想出多少钱？

张一惊，呆住了。

57. 内景。日。敦煌某地。

向无晔从迷梦中醒来，看见四周那恐怖的猩红色消失了。他置身的是个装潢考究的办公室。

办公室大敞着门。

无晔试着喊了几声：……喂！……喂！……

无人应答。

他走出去。

走廊也空荡荡的杳无人迹。

他走出那座楼，回头仔细地看，

那是一座灰色的楼，样式很老旧。

他向院门口走去，看见大门门口没挂任何牌子。

传达室的外面结了厚厚的蛛网。

他在院门口徘徊了一会儿，确定没有任何危险之后，才慢慢地走出去。

他走出了大院，突然飞快地跑起来。

他的脸上是受惊后的满腹狐疑。

58. 内景。日。肮脏破旧的地下室。

沿着石阶走下去的时候，张恕几次差点儿被秽物滑倒。

张紧张的表情。

一股恶臭让他捂住了鼻子。

瘦姑娘回头轻蔑地盯了他一眼，他赶紧强忍着把手从脸上拿开。

瘦姑娘开了灯。

瘦姑娘打开了一个沾满油污的柜子。

张警惕地四下观看。

瘦姑娘把一沓拓片放在他鼻尖下面。

张：这儿太暗，拿上去看吧。

瘦姑娘摇头。

张只好借助那一点如豆的灯光，模糊地看到那拓片印得十分拙劣。

拓片上欢喜佛的各种姿势。

张：多少钱一幅？

瘦姑娘做了个一的手势，然后又加了两个零。

张突然地：真没想到，尉迟乙僧的后代如今也掉进钱眼儿里了！

瘦姑娘以迅雷不及掩耳的速度，飞快地把腰刀拔出，捅在张恕的腰眼上。

张全身一凛。

瘦姑娘：说！你到这来到底做什么？！

59. 内景。日。招待所星星的房间。

无晔在洗澡，星星在为他搓背。

星星皱着眉头：这么说，又是那个女人？

无晔：你见过她？

星星：是。她叫潘素敏，是敦煌文物管理处的处长，在这儿很有权势。都叫她潘菩萨，她倒是长着一张观音脸，可是谁知道，那张脸背后……到底藏着什么呢？

无晔打了个冷战。

星星：你记得你睡着之前，说过什么吗？

无晔：……不……不记得了……

星星：为什么是猩红色？……

星星讲述过的梦在她的脑际一掠而过。

一个少年站在猩红色的石窟中央，慢慢割开自己的手腕，鲜血一滴滴地流出来。

星星捂住自己的嘴，脸色苍白。

无晔：你怎么了？

星星：没什么。关你的那个地方在哪儿，你应当还记得。

无晔：记得。

星星像母亲对孩子那样为他擦干身子：睡一觉，然后带我去找。

无晔躺进星星铺好的被子里，突然抬起身子：还有一件让人吃惊的事！

星星：什么？

无晔：那个很厉害的瘦女人，叫阿月西，她是玉儿同母异父的姐姐！

星星倒吸了一口凉气：……呵……看来事情并不像我们想象的那么简单。无晔，先别睡了，马上带我去找！

60. 内景。日。小卖部地下室。

张故作镇静地：你先把刀放下，有话好说！

硬硬的刀尖毫不放松，几乎要把张的皮带扎断了。

张：……如果你非要问原因，我可以简单告诉你，我对尉迟乙僧的壁画很感兴趣，我知道他是唐代于阗派的代表画家，相当有名，唐太宗很重视他，至今西安的慈恩寺、奉恩寺还有他的画。这么一位了不起的大画家，在中国绘画史上却没有得到应有的地位，我觉得，这很不公正。所以，我想研究他，研究他和敦煌壁画之间的关系……

瘦姑娘的刀慢慢松开了：就这？

张：就这。

瘦姑娘终于拿开了刀。

61. 外景。日。敦煌某地。

无晔带着星星来到一个所在。

面对那一片灰色的瓦砾和正在前进的推土机两人都惊呆了。

无晔拉过来一个中年工人。

无晔：师傅请问，这儿原来是不是有座灰色的楼房，像五十年代苏联专家帮着建的那种？……

工人：哪有？这儿的房子两年前就坍了，附近根本没那么一座灰楼。

无晔：可是……可是我明明被关在这儿五天五夜……

工人像看一个精神病似的看着他：说什么哪？

星星把无晔拉走。

星星的内心独白：那时我就想，是不是那位观音大士施展了什么致幻术，或者催眠术……可她为什么要这么做呢？……一种不祥的预感笼罩了我……

星星：无晔，也许你该离开这儿了。

无晔惶惑地看着她，不明就里。

62. 打开的大本。

一只慢慢变短的铅笔。

一只手慢慢写着：

第四篇：西方净土变（字幕）

按照大乘佛教的说法，在我们这个世界的西方，过十万亿佛土，有一世界，名叫极乐。这个世界的教主，称为阿弥陀佛。生于极乐世界的众生，寿命无量无边，都具有坚定的信念，没有苦恼，却受诸般欢乐。因佛的国土清净无染，相对于世俗的秽土而言，称为净土。

敦煌有一幅名画，就叫作《西方净土变》。

63. 内景。夜。敦煌某饭馆。

我们看见张恕看着星星，目光中充满爱意。而星星则假装没有感受到这种目光。

服务员在上菜。

星星：这么大方？你发财了？

张给星星布菜：这儿比北京便宜多了，你得这么想。

星星推开张递过来的茶：你喝茶，我喝酒。

张：我记得好像你说过不喝酒。

星星：是啊，不过也有例外的时候。

张：什么时候？

星星：特别得意或者特别失意的时候。

张举杯和星星碰了一下，但是却没有喝。

星星狠狠地喝了一大口，轻轻叹了口气。

张：不管怎么样，人回来了就好。

星星有意转移话题：你准备什么时候回北京？

张：怎么，想家了？

星星摇摇头。

张：你在忙什么？

星星：没什么，继续参观，然后临摹。

张：听说，敦煌文物研究所的唐所长最近正在组织人马临摹一批壁画。唐所长他们的设想是：刚刚经历了"文革"这个混乱时期，又发生了壁画失窃的事件，百废待举。一些壁画真迹要保护起来，以后游人来了，只允许看摹品。

星星：幸好我们现在来了。

张含笑盯着她：其实有时候摹品也很珍贵，——在没有真品的时候。

星星淡淡地：这句话可以进名言录了。

张：这是个代用品的时代。真品太少了。

星星：又是一句。

张好像费了好大劲才说出来：……所以，在见到真品的时候，我总是特别、特别珍惜……

她避开他的目光。

张低沉地：真的星星，我现在常常想到死亡。……人到中年，对死的恐惧越来越强烈，你有这种感觉吗？……青年时代，我们交出去了，现在，我们无论如何不该再交出去，不管交给谁。那样，到了死的那天，就可以说，我们已经享受过生命了……

张恕的声音越来越含混，星星看着他。他突然倒满酒，一仰脖喝了。

星星并没有阻止他，自己也一仰脖，陪了他一杯。

张恕像是比赛似的，又喝干一杯：我奇怪人生为什么总是错位？爱我的，我不爱，我爱的，人家不爱我……想想已经是四张儿的人了，没多大奔头了，可又不甘心，还想再挣扎挣扎……

星星默默无语地看着他。

张索性用酒瓶子喝起来，目光开始发黏：谢谢你送我的画。

星星：对我们画画的来说，这点事算不得什么。何况，你帮了我们这么多忙。

张一凛：我们？你在说，我们？！……你和向无晔，已经称我们了？

星星：你醉了。……（声音柔和耐心地）我不是说过么？怨憎会，爱别离，求不得。……人这一辈子就是这样。照我的经验，好男人和好女人永远不会走到一起……

张的脸色一下子变得阴郁：为什么？！

星星摇头不语。

星星的话外音：那时，张恕认为这句话不过是我的一种托辞，可他后来相信了，终于相信了……他当时的心情很坏，阿月西，就是在那时走进了他的生活……

64. 内景。傍晚。张恕的小屋。

披着齐腰长发的阿月西像影子一样飘进了张恕的小屋。

张恕趴在小台灯前，认真地写着。

阿月西在后面轻轻地为他扇扇子，沉静得像一棵植物。

张恕：阿月西。

阿：嗯？

张：歇会儿吧。我已经不热了。

阿月西仍然不知疲倦地为他扇着：我不是为了你，是为了我的先人。谁让你是为了研究我的先人呢？

张：阿月西。

阿：嗯？

张：你的名字真美。

阿月西笑了，我们还是第一次见到她笑，她笑起来很美。

张：谁为你取的名字？

阿：我的阿爸。

张：是扎西·伦巴？

阿吃惊地：你咋知道？

张：如果我没有猜错的话，看守七十三窟的那个女人就是你的妈妈，你还有个妹妹，叫玉儿。

阿突然冷酷地：别跟我提那两个贱货！

张惊讶地：你为什么那么恨她们？……告诉我，你妈妈不是带着你改嫁的么？……那你是什么时候离开她们的？……你……你的后爸到底是谁？

阿深深埋下头：我的后爸……他是条人面兽心的狼！……他是叫大叶吉斯。

65. 外景。日。拉萨朝圣大道旁的伦巴家。

肖星星（OS）：阿月西的故事是那样漫长，长得就像她那头铁灰色的长发……伦巴家族是西藏的名门望族，20世纪初期英军入侵西藏的时候，达赖喇嘛逃亡蒙古，伦巴家族曾经一度主宰西藏的生杀大权……

一栋造型大方的双层石结构房屋。

木刻神坛前燃着油灯，前面摆着长长的一列"圣水"。

法师们在祈祷。

星星（OS）：当年，果奴改嫁的时候，阿月西只有六岁，阿月西的爷爷、老贵族次仁·伦巴来到敦煌，把孙女接走了，接到了西藏。

法师们在诵经。

小小的阿月西在法师们中间好奇地穿行。

阿月西好奇地看着他们的表情，次仁·伦巴把孙女搂进怀里。

66. 日。大昭寺。

星星的画外音：头三年，阿月西过的是公主一样的生活。

阿月西耳朵上长达六英寸的玉石耳环（耳环的长度是佩戴者身份的标志）。爷爷次仁亲自骑马带着她。

周围骑马的仆人们簇拥着他们。

被熏黑的石柱支撑着庞大的屋顶，屋内香烟缭绕，供奉着金色的佛像。像前有坚固的金属围屏，每一尊佛像都被祈祷者奉献的珠宝所覆盖。

星星的画外音：在这儿，纯金烛台长年燃着蜡炬，烛光已经照耀了一千多年，至今未曾熄灭……

在一片法锣、金号和海潮般诵经的声音中，爷爷次仁把孙女带到大昭寺的屋顶上。

碧蓝的天空。

阿月西的小脸仰望着天空。

次仁：孩子，你在想什么？

阿月西：……我在想，有一天，刮大风的时候，我会乘上一只装着油灯的风筝，飞过雪山去看妈妈……

老次仁表情复杂的脸。

67. 内景。日。伦巴家。

星星的画外音：阿月西十岁生日的那一天……

伦巴家里来了许多的客人。捧着各种礼品，大家围绕着小小的阿月西。

奶奶亲自端来用石南花腌制的蜜饯，客人们兴高采烈地尝着，说着各种吉利话。

两位年高德昭的喇嘛，披着金红色的袈裟，手持星象图表，气宇轩昂地走进来。

喇嘛们发出低沉如大法号一般的声音，这声音渐渐上扬，变成金属丝一般尖细，在即将要断裂的刹那，发出"拉德瑞密巧南奇格"几个字。

他们高耸尖挺的法师帽发出黄金般的光泽。

阿月西恐惧地望着他们。

星星的画外音：阿月西的命运，就在那一天决定了……

68. 内景。日。一个黑暗的小屋。

阿月西被两个喇嘛带进黑暗的小屋，走进三位披金色袈裟的喇嘛。

黑暗中看不清三人的表情。只看到其中一人手中拿着一包草药，第二人把草药贴在她的额前，第三人则用绷带紧紧固定住，然后三人走出去，把她一人留在黑暗中。

阿月西在黑暗中恐惧的脸。

她耳畔响起爷爷的声音：孩子，你和我们不一样，你是有眼通的人。在布达拉宫，保存着你的转世记录……你要吃很多苦，但是最终，你会成功的……

69. 内景。夜。黑暗的小屋。

三位喇嘛再度出现。

他们打开一个盒子，里面有一件钢制仪器，形状像个钻子。上面似乎还有很多细齿。

最年长者俯视着阿月西，庄严地说：孩子，今天我们帮助你开天目，这手术可能很疼，但是你必须完全清醒才能完成。

他示意另一人抓住她的双手。第三人把那架仪器对准她的前额穴位，开始钻动。

她紧咬着牙不哼一声。

她额前不断渗出的汗珠。

只听见轻轻的吱一声，操纵仪器的喇嘛立即停钻。

另一人把一根细木条轻轻地插入钻出的小孔中。

阿月西疼得咬破了嘴唇，几乎晕厥过去。

星星的画外音：阿月西疼得几乎晕倒，可与此同时，她突然闻见了一股异香，看到了眼前突然呈现的五色之光……

70. 现在。内景。夜。张恕的小屋。

阿月西解开前额上那条杏黄色的带子，她大而光洁的额头上有一个圆圆的疤痕。

张恕略带讥讽地：这就是"天目"？

阿：是。

张：那么，你能用你那只天目看见什么？

阿：看见很多。但是我不想对你说，我不想像现在有些人那样，能看到一点别人看不到的东西就到处宣扬，像街头魔术师那样。

张：那么你从我身上看见什么了？

阿：你善良，有灵气。这灵气，用我们的话叫作"银带"，不过，你最近身体不大好，你感冒了，发烧，头痛。

张笑：我感冒了，这谁也看得出来。……什么天目，完全是封建迷信！

阿：你说什么？！迷信？！难道你不相信人有灵魂？！上师讲过，人睡着了，灵魂就变成一条银带，脱离肉体飘浮开来，人的梦，就是睡眠时灵魂的经历，现在我看你，可以看见你周围的光，从光的颜色我可以判断你是君子还是小人，聪明还是愚笨，健康还是有病，可你看不见我的光。这一点不稀奇，这就像日冕一样，只有天文望远镜才能看到，可是日全食就不同了，所有的人都能看到，可是不能因为你的眼睛看不到日冕就说它不存在吧？

张惊讶地看着她。

阿月西很快拆开了一个硬纸盒，用硬纸板剪成一座金字塔，塔分四面，每面贴上一种彩色圆形纸片，分为红黄蓝三色，然后，她在其中两个面的下方写下密密的文字。

张：这是藏文么？

阿：你的感冒，我可以用功法来加持金字塔效应，试试看，你会很快好起来的。

张半信半疑地看着她。

星星的画外音：科学与神秘其实只是一步之遥，许多年之后，张恕才真正感到，阿月西说的，并非神话。

71. 外景。晨。三危山。

张恕与肖星星在看日出。

张：这么说，你信？

星星：我信。

张：她还说，天目通的人可以看见，人临死的时候，连接肉体与灵魂的"银带"慢慢断裂，生命之光就从头部开始熄灭……心灵不仅为肉体所有，身外的道路也有心灵，心灵的表现形式是多种多样的，个体的心灵仅仅是宇宙心灵的子系统，而所谓宇宙心灵，不过是宇宙组织结构的动力学状态。

星星：后面的话，肯定不会是她说的。

张笑：当然，这是爱因斯坦说的。

星星笑：爱因斯坦从来没说过这样的话，他倒是说过：这个世界上最不可理解的事就是：世界是可以理解的。

太阳从云缝中钻出来了，一片霞光笼罩了他们。

星星的画外音：我们现在身处东方，寻找的却是西方净土，那么身处西方的人呢?

张恕的画外音：他们……大概在寻找东方神秘主义吧。

太阳升高，三危山日出的壮观景象。

72. 内景。日。敦煌第二十二窟。

巨大的壁画《西方净土变》占据了整个银幕。

画像中央是阿弥陀佛与观世音和大势至。周围簇拥着众多菩萨天人。佛像庄严肃穆。画面前景是两个对舞的舞人，姿势是典型的"反弹琵琶伎乐天"。具有古波斯风格的地毯上，孔雀翩翩起舞，白鹤引颈长鸣。上部飞天翱翔散花，下部碧波荡漾，红莲绿荷交相辉映，化生童子或端坐合掌，或嬉戏水中。

镜头拉开，肖星星仰望着这巨大的壁画。她回过头，看着身后的无晔。

星星：你怎么看?

无晔：宏大叙事。

星星笑起来：……可是唐所长指定临摹这幅画。

无晔：别接。做自己不喜欢的事，不如不做。

星星沉吟：无晔，我不如你那么纯粹，……我可能要让你失望了。

73. 内景。日。敦煌文物研究所。

所长唐仁夏在与星星交谈。

唐：我见过你的画，"半截子美展"的时候，我正好在北京。……你的画有灵气，功底也厚实，很有前途。既然你来了，我也不客气，我们现在正组织人搞大规模壁画临摹，《西方净土变》，怎么样? 你也算一个?

星星：唐所长，说心里话，我一直很想搞壁画临摹，不过，不是您说的这一幅……

唐：那么是哪一幅呢?

星星：……我对……第十窟的元代壁画很有兴趣，能不能……

唐断然拒绝：不行! 绝对不行!

星星：为什么？

唐微微一笑：第十窟根本是不开放的，你侥幸看了，应当很知足了，不要再得寸进尺。……

门轻轻地推开了，夕阳的余晖映出一个庞大的身影。

我们看到那正是潘素敏。

星星惊讶地：是您！……

但潘只带着一种职业性微笑向星星点点头，仿佛并不认识她，然后从容转向唐。

潘：什么得寸进尺的，老远就听见了。

唐：哦，这是美术学院的肖星星同志，想临摹我们的第十窟元代壁画。

潘：正想跟您说呢，十窟出了点儿事儿，已经封了，特别观光证也不行。另外，七十三窟的事也有线索了。

唐欣慰地：好！好好好！潘处长真是辛苦了！来，我给你介绍一下，星星同志，这是我们文物管理处的处长潘素敏同志，是我们敦煌壁画的保护神！你可能也听说七十三窟壁画被窃的事，现在，终于有线索了，哈哈哈……劳苦功高啊！……

星星伸出手：您好，潘处长，我们见过面。

潘不置可否地哼了一声，只用指尖碰了一下星星的手。

星星执拗地：难道您忘了？那天，我在密宗洞附近迷路了，是您……

潘一脸悲天悯人的微笑：对不起，我记不起来了。

星星的内心独白：不，这女人在撒谎！

星星满腹狐疑地：您刚才说，七十三窟的窃画贼抓到了？

潘：不，我只说有了线索。

星星内心独白：看着这位观音大士永远微笑的脸，我忽然觉得那像一张面具，面具上刻着固定的纹路，而面具后面却藏着一片未知。

星星盯着潘：那么，您认识向无晔吗？

潘淡淡地：不认识。

74. 外景。黄昏。从研究院到三危山的路上。

肖星星急如星火般地走着，风吹拂起她的头巾。

星星的画外音：我突然强烈地感到，一个阴谋——一个巨大的阴谋正在向无晔逼近，这是我一直担心的，现在，它似乎已经成为了现实，那阴谋正像一片巨大的乌云，笼罩在无晔的头顶，随时都可以掉下来，把他砸得粉碎！不，我要救他，一定要救他！我要赶在这片乌云之前，把他从灭顶之灾中救出来！……

天空乌云笼罩，雷声怒吼，暴雨倾盆而下。

星星全身淋得透湿，在风雨中挣扎。

75. 内景。黄昏。三危山招待所星星的房间。

星星还没进门儿就听见一串银铃般的笑声。

她推开门，呆住了：

玉儿斜倚在她的床上，盛装打扮，正在向坐在桌旁的无晔打情骂俏。

无晔满面通红。

玉儿见了她，天真地叫道：星星姐，无晔哥咋这么爱脸红呢？我不过是学个裕固人的歌子给你唱，没亲你也没咬你，你脸红个啥？

星星说不出话来。只见玉儿像条鱼似的蹿到无晔身后，猛地抱紧他的头，在他脸上狠狠亲了一口：俺就喜欢爱脸红的男娃！

星星和无晔同时呆了。

星星盯着无晔，她失望地发现，无晔没有任何反感的表示，他只是红着脸嘟囔了一句什么。

星星努力克制着自己，平静地说：对了，唐所长找我还有点事，我去了，玉儿，你坐着。向无晔，我看你还是早点回北京吧！

星星如风一般冲进暴雨之中，完全没有理会无晔在身后的呼喊。

76. 内景。夜。三危山招待所张恕的房间。

张恕开门，看见全身湿透的星星，大惊：星星，你怎么……

星星一眼看见房间里的阿月西，回身就走：对不起，我没事。

星星继续冲在大雨之中。

77. 外景。夜。瓢泼暴雨。

星星一个人在大雨中茫然地向前走着，神情恍惚，仿佛对外界完全失去了感觉。

星星的画外音：我不知道到哪儿去，我真的不知道该到哪儿去。……我觉得自己一下子老了，心跳动得那么迟缓，浑浑噩噩的一片迷茫，比眼前的暮色更加黑暗。我漫无目的地走着，心底深处的痛正在蔓延，我真想对着远山把自己撕裂，像山顶上的云一样撕裂，裂成片片碎锦，随着风飘荡到漫漫无期的远方……

好像是命中注定的，我珍爱的、渴求的、不敢触及的，总会被一个不懂得珍惜的人轻易取走，……上帝造人，总是成双成对的，可是我，为什么总是落得孑然一身？难道，我是被上帝的最后一点泥巴造的，注定一世孤独？！

雨越下越大，星星的脸上淌着的，不知是雨水，还是泪水……

78. 内景。夜。敦煌壁画临摹室。

满身透湿的星星走进来，大家都惊呆了。

唐所长喜出望外地：呵，我们的星星同志终于妥协了！快快，把衣服换一换，大家一起谈谈想法。

星星勉强笑笑，在一个女孩陪同下去换衣服。

79. 内景。同上。

肖星星换了一件大衣服，毫无表情地坐在凳子上。

唐：星星啊，我倒觉得，艺术家和画匠其实也并没有什么严格之分，一个真正的艺术家应当是个很好的画匠，起码，得具备做一个好画匠的能力。1949年之前，虽然那时已经成立了敦煌文物研究所，但是经费奇缺，甚至连最普通的马利牌广告色都买不到，全靠我们几个人从内地搞来一点连史纸，加矾、裱背，自己改造画笔，甚至自己动手磨制颜料……

画家老吕：……我记得那时候，上洞临摹没反光的时候，还要借助煤油灯和蜡烛，唐所长那时候就曾经点着蜡烛上洞临摹……

画家老关：是啊，有时候洞窟的画很高，还要爬上高梯去看，再下来画，如此往复有时候要达到几十次……

老吕：现在可好了，画架画板都合用，洞窟里安了电灯，还可以采用幻灯放大画稿，年轻人，可尝不到当年我们闻煤油的滋味了！

唐所长站起来，指着旁边巨大的壁画白描稿：你看星星，《西方净土变》的白描正稿已经完成，采用的是幻灯放稿的办法，白描稿完成后，印描宣纸上，裱上画板，就可以上色了。……喏，当年的连史纸已经换上了荣宝斋的矾宣，广告色嘛，也再也用不着了！这些颜料，都是从苏州姜思序堂购买的：你看看，有石青、石绿、朱砂、朱膘，还有金箔、微墨……这都是很贵重的矿物质颜料啊，应有尽有！呵呵……你怎么了星星，我看你好像很疲劳的样子，今天熟悉一下情况，明天再开始吧，好不好？

星星：不，我现在就想开始。

80. 内景。夜。张恕的小屋。

张恕打着伞进来，阿月西迎上来：找到了？

张摇头：……她也可能去研究院临摹壁画去了。

阿：她真是个怪人。

张：怎么？

阿：她怎么会爱上那么年轻的男人？

张叹了口气：爱情这个东西，是最难说的。

阿轻轻地靠在张的怀里：那我们呢？

张：……难道你真的从来没爱过吗？阿月西？

阿：真的，这是我的第一次。是第一次有人让我动心。

张轻轻地把她搂在怀里。

张：阿月西。

阿：嗯？

张：听说你妈妈年轻时候和于阗公主一样美，可她现在……怎么成了这个样子？能给我讲讲她的故事么？

阿：有什么可讲的，她变成这副样子，是报应。

张：怎么叫"报应"？

阿：她和那混蛋大叶一起，害死了我的亲爸！

张：阿月西！不许乱说！说这种话要有根据。

阿：不是乱说，有人知道，告诉了我。

张：谁？！

阿的目光在他脸上扫着：是……潘菩萨。

张：……潘素敏？！……

阿：我十岁那年通了天眼，就在寺里修瑜伽功，爷爷为我请了拉萨最好的金刚上师，他亲自为我灌顶，我跟着他，学了金刚数息法，宝瓶气法，金刚诵法……上师说我是极有前途的修瑜伽女。可是……我十四岁那年爷爷死了，家产也被没收了，上师已经把全部功法传授给我，那时，妈托人去拉萨接我，我没有办法，又想妈，就回了敦煌，回到家，我看妈老了很多，就劝妈离开他，可妈说妹妹还小，没爹可怜，我就跟她吵。看得出来，她特怕那个大叶吉斯……有一天……

81. 闪回：

内景。晚。阿月西在敦煌的家。

阿月西买了一篮菜回家。

阿：妈！妈！

大叶走出来：你妈带玉儿出去了！……你过来我问你！

阿犹豫着向前走了几步。

大叶很凶地：……你知不知道，你在这儿是白吃我的饭？！

阿倔强地盯着他，一声不吭。

大叶：我就讨厌你这犟头倔脑的样儿！……过来，给我擦擦靴子！

阿一动不动。

大叶吼：你总不能永远白吃我的饭吧？！你总要为我做点什么吧？你是千金小姐吗？！……

阿负气走过去，弯身拿了一块海绵，准备擦靴子。

大叶突然掀开她的后衣襟，阿反应极其神速地抽出腰间的藏刀，上去就刺。

大叶大吼大叫如杀猪一般，血淋淋地冲了出去。

82. 现在。内景。夜。张恕的小屋。

阿：当天晚上，我就被铐走了。

张惊讶地：那后来呢？你跑了？

阿：不，被观音菩萨救了。

张：观音菩萨？是潘素敏吧？

阿脸上露出虔诚的微笑：是。我们这儿都叫她观音菩萨，专门救苦救难哩！

张：难道她不怕大叶吉斯？

阿：不，她当然不怕。倒是大叶怕菩萨。

张：大叶为什么要怕她？

阿：再凶的狼总要怕猎人的，再恶的鬼总要怕菩萨的！

张：她真的是菩萨吗？

阿：她是菩萨转世。她把我领出来九年了，一直对我很好。

张：怎么个好法？

阿：你问得好怪！好就是好嘛！像亲娘一样关心我，每天只干一点点活，十八岁之后，还给我安排了这么一个好工作……我在这儿工作，觉得离佛祖很近很近……这样的快乐不是人人都能得到的呀！

张恕轻轻揽她入怀：阿月西，我喜欢你现在的样子，可为什么你有时又很凶很凶，一点儿怜悯心也没有，这难道也是佛祖教你这么做的么？

阿：……恕哥，你来了这么久，难道没发现你们的佛祖和我们的佛祖有不同的法身吗？

张：……你的意思是说，在藏传佛教中，很多佛祖和菩萨都变成了愤怒相，包括美丽的吉祥天女，是这样吧？

阿：恕哥，你很聪明。佛祖是有各种法身的……

张：就像人有各种形态一样。

阿：是。所以《般若经》告诉我们，这世界就是"性空假有"，这是大智慧啊！

张：我知道。所谓性空假有，换句话说，就是我们看到的真实就是虚幻，而在世俗意义上的虚幻才是真实。所以，佛祖就是佛祖，佛祖的各种法身，无论是愤怒相还是欢喜相，都是无意义的，对么？

阿：……也不全对，……你相信双修的境界么？……

阿轻轻地说着，用小指挑开自己额前杏黄色的带子，把张恕的手放在自己的前额上。

83. 内景。夜。临摹室。

星星趴在画架的最高一层，在用特制画笔描线。在另一侧的老关不断地提醒她：

老关：星星同志，……注意这是唐代的壁画，指甲要深陷在肌肉里，最好在运笔的时候注意一下，要气脉相连不露痕迹……飞天的飘带、菩萨的披巾就不同了，不能一气呵成，最好在中间停顿一下……对对……考考你，知道唐代的衣纹用什么描法吗？

星星疲倦地：是兰叶描吧。

老关注意地看着星星的手法，欣喜地：呵，想不到这么年轻的女孩子，有这么纯熟的手法……

站在下面观看的唐所长笑：星星同志是搞过仿古画的，不然我哪那么大胆子请她出山？！

老吕：难得，原来你是搞过仿古画的！正好，我们现在做旧方面还有些问题，能不能给我们出出主意？

星星：做旧……无非是刀刮、土抹、手擦、纸沾这些手法吧？

唐：这些办法，我们都试过了，效果并不理想。特别是这样巨型的经变画，定大色调很难的。过去我们搞的有些临本，就是因为大色调没掌握好，完成之后比原画还要陈旧暗淡，看起来，古代匠人们在绘制壁画时肯定用了最鲜艳的颜料，连调和色也很少用。……好了，你们忙，我还有点事要去办，最近法国代表团要来，上面说了，这幅画要赶在他们来之前临完。你们看时间是不是太紧了一点？星星，你能支持我们真是太好了！

唐边说边向门外走去。突然，他停步了。

所有的人都停下了手中的工作。

好像从非常遥远的地方传来呼唤星星的声音。

星星一惊。但是再听，声音消失了。

84. 外景。夜。三危山附近。

无晔在暴雨中焦灼地跑着，喊着：星星！星星！

但是暴雨声把他的声音淹没了。

85. 内景。夜。临摹室。

老关老吕已经下了架子，靠在一起打盹。

星星仍在画架上坚持着。

星星面色苍白疲倦。

星星的画外音：画画是最能令人专注的，可是今天，我无论如何也无法平静。……我知道其实什么也没发生，也不可能发生，但仅仅是那个场面就让我受不了。我不能再骗自己了，这惟一的原因只能是：我爱上他了……

星星用左手托着右手，艰难地勾连着飞天的衣袂。

星星的画外音：我决定走。不等这幅画完成就走。为了他，也为了自己。天下没有不散的筵席。……如果人生注定是"爱别离"，那么就只好别离，而且要趁早，这样，起码还能保存一段美好的回忆……

雨停了。窗外刮起大风。星星看看窗外，突然，眼前的画面变成一片猩红。一直困扰着她的那个梦再度出现：

石窟画面出现，水池中间站着一个男孩，蒸汽升腾，男孩的面目不清，男孩慢慢拿起一把刀，割开自己的手腕，鲜血喷射出来，远远看去，那男孩简直像个血的喷头，鲜血很快染红了池水，连壁画也被染成了一片华丽的猩红色。男孩的脸色渐渐变得透明了……

星星觉得画面摇动起来，整个世界都摇动起来。

慢镜头：星星从画架上摔了下来，像一片小树叶子一样落到了地面。

砰的一声，老吕老关同时惊醒。

86. 那只手在写着。

第五篇：如来（字幕）

如来，据说是指佛祖所云绝对真理。藏密传人月称说，凡如来均为五色之光。

如来光分五色，大约是为了照顾人之观想。

87. 内景。日。敦煌医院外科病房。

星星缓缓睁开了眼睛：无晔坐在她的身旁，拉着她的手。

无晔弯下身：星星，星星，你好些了么？

星星费劲地看着他，控制着自己的泪水。

无晔：你在想什么？

星星：我在想……在想……

无晔把一小勺牛奶送到她的嘴边：喝点牛奶吧，你已经有两天多没吃饭了。

星星摇头。

无晔又端起一个小碗：那喝点西瓜汁？

星星还是摇头：你在这儿……待了多久？

无晔垂头不语。

进来换药的护士：这小伙子一直守着你，没动窝儿。

护士走出去。

星星：……你为什么……对我这么好？

无晔低着头，额上的青筋直跳：我爱你。第一次见到你就爱上了你，……你就一点儿感觉不到？！

他突然愤怒地：为什么你非要让我说出来？！为什么？！

星星突然伸出手，死死地抓住了无晔的手，她张了张嘴，泪水却突然淹没了一切语言。

两个人的手在热气腾腾的泪水里发抖。

88. 外景。黄昏。月牙泉旁。

阿月西端坐在月牙泉旁，夕阳的余晖给她的轮廓镀了一层金。她的长发在黄昏的风中飘舞。她面容恬静，双眸半闭，像一尊庄严而有个性的女佛。

阿月西慢慢睁开眼睛，看见张恕的身影。

张：如果我没猜错的话，你是在修持绿度母？

阿：是。绿度母是我的本尊神。

张：我也是在书里看到过：说是绿度母是藏传密宗里最受尊崇的女神，有些像中原佛教里的观世音，对吗？

阿：对，……不过还有一点更重要的，是绿度母不但可以为自己，还能帮助他人脱离苦海。我在心里做绿度母的观想，就能够感觉她把宝瓶正置于我的头顶之上，温热清香的甘露，正顺着我的头发汩汩流下，然后渗透全身，这一刻绿光萦绕，我觉得自己变成了绿度母，……为了他人不离生死，不入涅槃。

张感动地看着她。

肖星星的画外音：后来张恕告诉我，就在这一刻，他真的爱上了阿月西。他知道这个姑娘是在为他修持，可是，他心里并不希望她这么做。他和我一样，都是凡夫俗子，其实那无数的欢乐就在这"苦海"之中，脱离了苦海，也就脱离了苦与乐，爱与恨，生与死，情与欲，进入了一个无爱无恨无生无死的世界，那个世界也许很好，但却永远不是我们向往的……

89. 内景。黄昏。三危山星星的小屋。

无晔一手搀着星星,一手拿着她简单的行李,走进小屋。

门关上了。

无晔拿着的脸盆砰地砸到地上。

无晔猛地抱住了星星。

两人从轻到重,从缓到急地狂吻起来。

无晔轻轻解开星星胸前的扣子。

星星把头深埋在无晔的胸口。

无晔吻遍了星星的全身。

两人深情地做爱。

激情过后,两人默默地搂在一起。

星星含泪微笑:无晔,你真怪,你真是个怪男孩。

无晔:怎么叫怪?我遇见了一个最美好的女孩,我爱上了她,这再自然再正常也没有了,怎么叫怪?

星星:将来你总有一天要后悔的,我比你大,脾气不好,也不漂亮……

无晔急了:你怎么老说这些?你让我怎么样你才相信?

星星抚着他的头发:我相信,你怎么样我都相信……不过……

无晔:没有什么"不过",上帝说,夏娃是亚当的骨中骨,肉中肉……

星星:无晔,你知道吗?……画画儿的人,都挺麻烦的……

无晔的泪在眼眶里闪烁:我知道。一切随你。如果你哪天嫌弃我了,我会离开你,走得远远的,但无论你怎么样我都爱你,爱你,是我的自由,接不接受我的爱,是你的自由……

星星小声地:可是爱和自由从来不能并存,爱和自由是个悖论,永远是悖论。

无晔:别说这些扫兴的话,……让我好好爱你,亲爱的……我爱你!

星星再也无法抑制:我也爱你!爱你!!

两人再次做爱，近乎疯狂。

星星：求求你，快点离开这儿吧。这儿很危险，真的，你相信我的预感吧，今天就走。我陪你一起走。

无晔怔了：可是那幅《西方净土变》……

星星：不管那许多了，反正你一定要走。

无晔：好，我走。可是必须再过几天，等你完成了那幅画，我们一起走。

90. 内景。晚。敦煌大饭店。

每位嘉宾前都有自己的名牌。潘素敏恰恰挨着星星。星星为了避免和她目光接触，拧过身子看唐所长致词。

唐所长：……今天我们在这儿开庆功，还要特别感谢一位在座的嘉宾，就是来自北京的客人，我们年轻的画家肖星星同志！这次她为了我们这幅巨型壁画《西方净土变》的完成立了大功！而且……她帮助我们完全是义务的，请大家为她鼓掌！

掌声响起来。所有的目光都追寻了过来。

星星吓了一跳，为了掩饰窘态，她只好假装低头喝茶，却不小心把潘素敏面前的高脚杯碰翻了。

星星急忙用自己的餐巾去擦：对不起。

潘拦住她：服务员会来的。……服务员！

唐所长的讲话在继续：……今天，我们还要请我们的裕固族姑娘玉儿为大家献歌献舞……

人们在不断地进出。星星看见了陈清，接着看见无晔向她走来。

无晔看见她时毫不掩饰的爱意。

星星收回目光，却看见潘素敏的座位已经空了。

星星皱起眉头。

91. 内景。同上。

玉儿盛装走出，身边是她的母亲。玉儿娘拿了一把奇怪的琴。

玉儿的声音有着一种磁性，一开口就赢得了满堂彩。

间奏的时候玉儿拿起酒杯一饮而尽，又赢得一片掌声。

玉儿来了兴致，索性边歌边舞。

人们把大把的花投向玉儿。

玉儿唱着裕固族大迁徙的古歌：

我们是来自遥远地方的人
祖先告诉我们，我们的故乡在西至哈志
黑色的神牛引路在前
来到八字墩下
看到沙漠里有一片玫瑰色的
红柳花
这是一个吉祥的地方
从此我们留在这里
成为今天的敦煌守护神

玉儿娘弹着琴，泪水悄然而落。

玉儿用酒和歌把宴会推向高潮。大家都疯了似的跳起舞来。

星星对无晔使了个眼色，两人正想离去，忽见玉儿飘然而来，挡住去路。

玉儿只向星星甜甜一笑，便转向无晔，她斟满一杯酒恭敬地举过头顶：无晔哥，我知道你不会喝酒，可是按我们裕固人的规矩，敬酒是不能不喝的。不喝，我就要为你唱歌，永远不停地唱下去。

无晔的脸红了，在众人的目光下，他一仰脖喝了下去。

玉儿立即又给他斟满：喝呀无晔哥，咋不喝了呢？

无晔又喝干，玉儿立即又斟满。

星星冲上来按住无晔的杯子：别喝了！！

无晔眼前一片云雾，他看不清眼前的一切，他摇晃着推开星星的手。

星星死死攥住杯子。

砰的一声，杯子碎裂。

星星的手上满是鲜血。

92. 内景。晚。星星的小屋。

星星伤痛欲绝地哭泣。

星星对着镜子，举起那只受伤的手，往脸上抹去。

镜子里，星星满脸鲜血和泪水。

星星的画外音：天下没有不散的筵席。是的，一千三百年前，尉迟乙僧曾经爱过美丽的于阗公主，可后来公主被迫嫁给了镇守河西的大将军，他们的筵席散了；一千三百年后，与公主同名的果奴，曾经爱过一个叫作扎西·伦巴的人，后来扎西死了，他们的筵席也散了。后来果奴又带着女儿与大叶吉斯组成了一桌新的筵席，然而这筵席又散了，岂止是散，还变成了刻骨的仇恨……

93. 内景。夜。敦煌大饭店。

阿月西推门而入，如入无人之境。

阿月西如闪电般迅捷地掏出匕首，直抵玉儿胸膛，声音阴沉：是你把宝画卖了？

鼎沸的人声顿时化作一片死寂，唐所长捂住胸口几乎晕倒。

玉儿气愤地：你才卖！俺也不知道什么人把画换了！

阿月西的匕首尖又指向玉儿娘：那就是你这个贱货！

玉儿娘双唇颤抖一句话也说不出来。

玉儿挺身而出：你凭什么对娘这样？！你骂娘是贱货，那你就是贱货生的，难道就不是贱货了？！

阿月西上去就给了玉儿一记响亮的耳光，玉儿尖声哭叫。

此时宴会厅大乱，所有的人都拥了过来

无晔恍惚中认出阿月西正是绑架过自己的人，他冲上去，指着阿：你！……你凭什么打人？！

阿月西冷笑：你这偷画贼！我没找你，你倒来找我了！

阿伸出右掌直抓无晔后颈，无晔未及躲闪，却被另一只手直劈下来，阿急忙缩手，原来是玉儿出手救助无晔。阿月西与玉儿拳脚交加，打得难解难分。

突然，大叶吉斯走了进来，低眉合掌如入无人之境，直直地向玉儿姐妹走了过去。阿月西已被陈清拉开，她见到大叶，啐了一口。

阿狠狠地：你们这两个贱人听好！限你们一月之内把宝画找到，否则别怪我不客气！

阿月西如风一般卷走。

玉儿拖着哭腔对大叶：爹！你都看见了，你就不管管她！……

玉儿娘在一旁吼着：玉儿！你给我住嘴！

玉儿：娘！你还要护她！她口口声声骂你贱货哩！

唐所长、陈清等都上来解劝。

玉儿娘颤声地：她再骂也是我闺女！是我对不住她！走，玉儿，你要还是我的闺女就跟我走！……多少年了，是她受了委屈！找潘菩萨说和说和就行了！

玉儿嘟囔着：哼，什么都找潘菩萨！潘菩萨就管得了她？！

玉儿娘狠狠瞪着大叶吉斯，双手举起那把琴，狠狠摔在地上。

大厅里的人都惊呆了。

惟独大叶吉斯依然低眉合掌，面不改色。

琴的碎片就落在他的脚边。

94. 内景。夜。张恕的小屋。

星星拉开门，像个小女孩似的抻着头：张恕，我要走了。

张怔了一下，看见星星手里只拿了一个不起眼的小包。

张：怎么？这么突然？

星星：是。刚刚决定的。

张：你可真是来去匆匆。

星星微微一笑：我是有佛性的人嘛，正所谓"赤条条来去无牵挂"。

张：几点的火车？

星星：十一点半。

张：还有半个小时。你和……他们都说了吗？

星星：没有，谁也不知道。……张恕，有件事求你，你一定转告无哗，请他尽快回北京，越快越好。

张恕皱起眉头：你连他也没告诉？

星星淡淡地：他喝酒喝得挺来劲的，我不想打扰他。

张恕这才发现星星的眼皮是红肿的，似乎刚刚哭过。

张：你要是再晚两天，我可以跟你一起走。我家里也在催呢。……你稍等一下，我骑车送你。这儿离火车站近，来得及。

星星：不必了。你知道么张恕，最近我又在做一个新的梦，梦见我来到一个古老的国度，那里阳光强烈，街道上到处都是青铜的佛像……

张：那是印度。

星星：是印度么？我倒不知道。我对你说过，我所有的梦都会应验的，我想，我该找我梦中的国度去了。

张勉强地微笑了一下：祝你好运！

95. 内景。夜。敦煌大饭店。

大叶吉斯合掌对众人：弟子今天只能为一人算，实在是失礼了！

大叶的目光扫过众人，停留在无哗的脸上：来来来，小施主，让我给你看看面相！

无哗摇晃着走过去。

大叶细细端详了无哗一番，然后又拉起他的手看。

大叶大惊失色：小施主今年多大了？

无哗：二十一。

大叶：啊！可惜可惜！

无哗：长老，什么意思？

大叶：小施主可要听实话？

无哗：当然，请您一定要讲实话！

大叶：那么请你明晚到我的去处。

无哗迷迷糊糊地：为……为什么现在不能讲？

大叶：涉及你心中隐秘，不好讲！

无哗：我心里没什么见不得人的，讲吧！

大叶：……那好，既然小施主不怕，那我就如实讲来。

宴会厅一片死寂，所有的眼睛都盯着大叶和无晔，连侍者也端着盘子站在那里。

大叶语惊四座：小施主曾在此地做了一件亏心事，说明白点儿乃行窃之事，小施主如不坦白承认，必遭暴毙。望施主悬崖勒马……

无晔脸涨得通红，握紧双拳：你胡说八道！

大叶：小施主不必暴躁，听弟子细细道来：小施主印堂至山根处有一条悬针纹，上冲命宫，下冲年寿，乃大凶之纹，又无横纹阻挡，进入命宫为杀纹，主死亡。左右天门有黑气缭绕，是犯天怒所致。若坦白承认，痛改前非，尚有一线生机，不然，必死无疑！

无晔用尽全身之力，挥拳向大叶的光头打去，大叶却来了一记太极推手，软软地化解了那拳，无晔脸色苍白倒在地上。

大厅顿时哗然。

96. 内景。夜。张恕的小屋。

阿月西显然刚诉说完刚才的事，她的脸上仍然气愤不已。

张：……阿月西，你常常为他人祈祷，可为什么就不能原谅自己的母亲和妹妹呢？

阿：潘菩萨告诉我，大叶那个混蛋早就和我妈勾搭成奸，我阿爸是被他们害死的！只是……一直找不到证据……

张：她怎么知道？

阿：她当然知道！她是我们这里的菩萨，所有人都对她说心里话，……我阿妈那个贱货亲口对菩萨说，她怀疑我阿爸是被大叶派人害死的，可过了没多久，就嫁给了大叶，而且，我阿爸临死前的那两年，他们天天吵架，在这一带简直吵出了名……

张：可是，我听到的版本却完全不是这样的。我听说，你阿妈小名叫果奴，年轻时是敦煌一带有名的美女，同时也是虔诚的佛教徒。传说她是于阗王尉迟胜的后代，都说她是于阗公主再世。二十岁那年她嫁给了你阿爸扎西·伦巴，你阿爸是藏族人，学问人品都好，也信佛，因为迷恋敦煌，想搞敦煌学研究，就从西藏跑到这里扎了根，两人婚后生了你，更加恩爱，可是谁也没想到，你阿妈第二次怀孕的时候，两人的感情突然恶化了，后来，你阿爸在从敦煌到张掖的路上，出了车祸，你阿妈一直坚持有人害他，还闹过一阵子，终因无凭无据而作罢了。再后来，就是你阿妈带着你们两个女儿，嫁给了大叶。……玉儿不是扎西的女儿，是大叶的女儿，这是大家都知道的，可你难道就感觉不到，你阿妈始终没有爱过大叶？！哼，我想，大叶和你阿妈绝不是通奸，是大叶强奸了你阿妈！你阿爸接受不了这个事实，自然要闹，可你想过没有，最痛苦的其实是你的阿妈！一个女人被自己痛恨的男人奸污，又不被自己的爱人原谅，实在是很难受啊！再有，明明感觉到自己的爱人是被人所害，却又拿不出证据，这是又一层的难受！最后，靠自己的收入没法子养活两个女儿，被迫嫁给自己深恨的男人，这不是世界上最苦的事么？！我想来想去，除了这些原因，一个那么美的女人，不可能变得这么苍老难看，你说呢？

阿半晌不语，然后警觉地：这些事是谁对你说的？

张：陈清。

阿：陈清？他当然要这么说，他过去是我阿妈的相好。……我觉得，我好像有两个阿妈，年轻时的阿妈，又温柔又漂亮，可我从西藏回来后见到的阿妈，又丑又凶，你注意到了没有，玉儿很有钱，穿着很讲究，她不过是个织毯子的，阿妈更赚不了几个钱，这钱是哪来的？！七十三窟的宝画被盗了，潘菩萨告诉我，很可能是阿妈和玉儿做了什么手脚，……她们现在有钱得很哪！你看到玉儿的项圈没有？是翡翠镶金的呢！

张突然地：既然如此，那你们为什么死死咬住向无晔不放呢？！

阿冷静地：阿妈和玉儿，不可能是主犯，那个向无晔，倒像是个偷壁画的行家，他连用什么样的胶粘，都一清二楚，而且，他自己也承认了。潘菩萨审他的时候是录了音的！

张大惊：承认了？！盗窃国家一级文物是要判重刑的啊！开什么玩笑啊？！

阿：谁说不是？！菩萨说先放了他，把整个案子搞清楚再抓他，不怕他跑到天边去！

张：……这……这个潘素敏真是太厉害了！……还有个问题，你刚才提到的你们家的祖传宝画是怎么回事？是那幅《吉祥天女沐浴图》么？

阿：你怎么知道？！你……你和她们……你和玉儿睡过了！！

张怔住。

阿：呵，你和她睡过了！睡过了！！……玉儿不是真正的修瑜伽女，她没有受过上师的灌顶！……

阿月西痛哭，张恕急忙抚慰。

97. 内景。夜。无晔的小屋。

烂醉的无晔被人架着回到招待所。

酒力发作，他狂吐起来。

突然，他看到门口的一张字条。

字条上是星星的字：天下没有不散的筵席，我看我们还是趁最后一口汤没喝完的时候散吧。

无晔把条子撕得粉碎，然后把桌上的东西统统砸碎。

无晔趴在了桌上，半晌抬起头来，看见桌上的一张火车票，显然是星星给他买的，他眼中充满了迷茫的泪水。

他喃喃地说：怨憎会，爱别离，求不得……真是这样的么？……

一阵轻轻的敲门声，在这静夜之中十分恐怖。

无晔一凛：谁？

潘素敏的声音：请问向无晔住在这里吗？

无晔回过头去看着门。

定格。

98. 外景。夜。无晔的小屋。

奔跑来的张恕推开敞开的门，到处寻找。

张打电话：公安局吗？有个紧急事情向你们报告！

字幕：半年之后。

99. 内景。晚。北京张恕的住所。

墙壁上挂着张恕的结婚照，女方是个很普通的女子。

张恕在看电视。

突然，电视新闻播音员用平淡的声音播出：北京某医学院大学生向无晔因盗窃国家一级文物罪被判死刑。……

张恕吃惊的表情。

张恕坐在椅子上抽着烟。

满屋烟雾。

烟缸里满满的烟头。

穿着睡衣的张恕夫人走出来：怎么了？

张：冤假错案！向无晔被判死刑了！

王：你不是给他们司法机关写了那么长一篇证明材料吗？！

张：没用。我判断，是当地的文物管理处负责人和三危山的住持联手作案，盗卖文物和壁画，然后嫁祸于人，向无晔成了他们选择的替罪羊。……你跟你父亲说说，他能帮上忙么？

王：够呛。一切都太晚了。试试吧，谋事在人，成事在天，你也不必太难过了。

100. 外景。日。印度。

阳光极其明亮的街道。

街心的青铜雕塑。

一尊尊欢喜佛像。美丽或者狞恶的表情。

街心的长椅上坐着肖星星和另一个人。

星星的画外音：后来我真的去了印度。在一个阳光强烈的中午，在那些神秘的青铜佛像中间，我和张恕的一个老朋友邂逅相遇——

星星：这么说，张恕的佛画研究很有成绩啊，……你听他讲过在敦煌遇到的那些事儿么？

张的朋友：当然。他讲得最多的，就是你。

星星怔怔地看着他。

张的朋友：看得出来，他真的很喜欢你，他去敦煌的那时候，正好是和他太太闹分手的时候，当时我们大伙都猜，他们肯定散了，可是谁也没想到，他们最后又和解了。

星星：那么现在呢？

张的朋友：现在……就那样吧，有多少家庭都那么过，现在这年头说什么爱情，太奢侈了吧？

星星：说得对。

张的朋友：对了，那两个裕固族姑娘后来还到北京找过他。他把那姐儿俩介绍给了民族歌舞团，现在玉儿成了团里的台柱子，阿月西大概是生活上不大习惯，又回到了敦煌。

星星：哦……那么她们的母亲……

张的朋友：哦，那老太太已经死了。

星星像是下了一个天大的决心似的：你和张恕这么好，听他讲过一个叫向无晔的人么？

张的朋友一怔：哦？……哦。

星星装作不经意地：他怎么样？

张的朋友：……这个……听说他很好，大概已经毕业了吧。

星星费劲地咽了口唾沫：噢，那就好。……

张的朋友：对了，张恕还对我讲了你的一句名言：好男人和好女人是永远走不到一起的……

星星岔开话题：代我问候张恕。明年，我会回国参加敦煌年会的。

镜头拉开。

强烈的阳光下，那些形态各异的欢喜佛慢慢变得巨大，而星星的座椅却在慢慢变小，最后好像在强烈的阳光中融化了。

那个精美而陈旧的羊皮纸大本慢慢合上。

字幕：两年之后，潘素敏与大叶吉斯终于数罪并罚，被当地司法机关正法。

与此同时，张恕的重要论文《唐代于阗派代表画家尉迟乙僧画论》在敦煌年会宣读。

至于肖星星，她至今仍然在他乡寻梦，并且完全不知道向无晔的死讯。

裕固族的古歌慢慢响起：

我们是来自遥远地方的人
祖先告诉我们，我们的故乡在西至哈志
黑色的神牛引路在前
来到八字墩下
看到沙漠里有一片玫瑰色的
红柳花
这是一个吉祥的地方
从此我们留在这里
成为今天的敦煌守护神

歌声中出现演职员表。

徐小斌作品系年

长篇小说

《海火》(1989 年中国青年出版社, 2008 年中国友谊出版公司, 2019 年百花洲文艺出版社)

《敦煌遗梦》(1994 年北京出版社, 1997 年河北花山文艺出版社, 2007 年河南文艺出版社)

《羽蛇》(1998 年花城出版社, 2001 年长江文艺出版社, 2002 年时代文艺出版社, 2003 年台湾联经出版社, 2004 年人民文学出版社, 2007 年人民文学出版社, 2009 年作家出版社"共和国作家文库", 2012 年重庆出版社, 2013 年人民文学出版社第三版)

《德龄公主》(2004 年人民文学出版社, 2005 年香港经要文化出版公司, 2006 年漓江出版社, 2009 年台湾印刻出版社, 2010 年天津人民出版社)

《炼狱之花》(2010 年由人民文学出版社与长江文艺出版社首次两大社联袂出版)

《天鹅》(2013 年作家出版社)

《水晶婚》(2015 年由英国 Balestier Press 出版)

中短篇小说集

《对一个精神病患者的调查》(1990 年海峡文艺出版社)

《迷幻花园》(1995 年华艺出版社)

《如影随形》（1995 年河北教育出版社）

《蓝毗尼城》（1996 年云南人民出版社）

《末世绝响》（1997 年华侨出版社）

《蜂后》（1999 年长江文艺出版社"跨世纪丛书"）

《双鱼星座》（1999 年百花文艺出版社）

《天生丽质》（2000 年北岳文艺出版社）

《歌星的秘密武器》（2002 年广州出版社）

《清源寺》（2003 年北京出版社）

《非常秋天》（2005 年中国广播电视出版社）

《徐小斌作品精选》（2007 年长江文艺出版社）

《末日的阳光》（2009 年河南文艺出版社）

《别人·花瓣》（2010 年文化艺术出版社）

《睡蛇的伤口》（2015 年安徽文艺出版社）

《入戏》（2019 年北岳文艺出版社）

散文随笔集

《世纪末风景》（1996 年云南人民出版社）

《蔷薇的感官》（1997 年华艺出版社）

《缪斯的困惑》（1998 年辽宁人民出版社）

《出错的纸牌》（1998 年天津新蕾出版社）

《徐小斌散文》（2000 年华夏出版社）

《心灵魔方》（2002 年知识出版社）

《美丽纹身》（2002 年当代世界出版社）

《西域神话》（2003 年云南人民出版社）

《大都会：缪斯的殿堂，我的梦想》（2003 年西苑出版社，2004 年四川人民出版社）

《我的视觉生活》（2004 年上海文汇出版社）

《莎乐美的七重纱》（2010 年商务印书馆国际有限公司）

《密语》（2015 年安徽文艺出版社）

《生如夏花》（2016 年高等教育出版社）

《孤独之美》（2019 年江苏凤凰出版公司）

文集

《徐小斌文集》（五卷本 1998 年华艺出版社出版）

《徐小斌小说精荟》（八卷本 2012 年作家出版社出版）

美术作品集

《华丽的沉默与孤寂的饶舌》（2007 年湖南文艺出版社）

《任性的尘埃》（2016 年海峡书局）

《海百合》（2018 年十月文艺出版社）

主要影视作品

1.《弧光》：电影，由本人根据自己的中篇小说《对一个精神病患者的调查》改编，1988 年首映。该片获第十六届莫斯科电影节特别奖。

2.《风铃小语》：电视单本剧，由本人根据自己的获奖短篇小说《请收下这束鲜花》改编，中央电视台黄金一套 1993 年首播。该剧获第十四届飞天奖，中央电视台首届 CCTV 杯一等奖。

3.《千里难寻》：十一集电视连续剧。北京电视台长青藤剧场 1994 年首播。

4.《雨中花园》：电视电影。作为全国十大女作家向世妇会献礼片，中央电视台黄金八套 1995 年首播。

5.《星空浩瀚》：电视单本剧。作为全国十大女作家向世妇会献礼片，由中央电视台黄金一套 1995 年首播。

6.《富起来的人》：八集连续剧，中央电视台黄金八套 2002 年首播。

7.《德龄公主》（与人合作）：二十九集长篇历史电视连续剧，根据自己的同名小说改编，于 2006 年在中央电视台黄金八套首播。

8.《延安爱情》（与人合作）：三十八集电视连续剧，2011 年东方卫视首播。

9.《虎符传奇》：三十集长篇电视连续剧，由本人原创，由著名导演郭宝昌执导，美亚长城传媒（北京）有限公司投资，2012 年在中央电视台黄金八套首播。

徐小斌文学活动年表

1981 年年底，参加《十月》杂志首届发奖大会，短篇小说《请收下这束鲜花》荣获《十月》首届文学奖；

1986 年年底，参加第三届全国青年创作会议；

1988 年年底，参加电影《弧光》看片会，《弧光》电影剧本根据作家中篇小说《对一个精神病患者的调查》由本人改编而成，获第十六届莫斯科电影节特别奖；

1992 年，参加由《中国作家》杂志社组织的长篇小说《敦煌遗梦》研讨会，这也是作家生平第一次的作品研讨会；

1995 年，世界妇女代表大会在京召开，参加了中国女性文学的系列活动；

1996 年，作为中国女性文学代表作家受邀在美进行了为期三个月的访问讲学活动，分别在美国杨百翰大学、科罗拉多大学、宾夕法尼亚州立大学、圣玛丽学院等举办了题为《中国女性写作的呼喊与细语》的文学讲座，是第一位被美国正式邀请讲中国女性文学的作家，讲座受到研究中国文学的海外学者的热烈欢迎；

1997 年，参加在贝尔格莱德举办的第三十四届贝尔格莱德国际作家会议；

1998 年，参加首届鲁迅文学奖颁奖大会，中篇小说《双鱼星座》荣获首届鲁迅文学奖；

1999 年，参加在台湾举办的两岸文学研讨会；

2000 年，参加在越南举办的文化交流活动；

2002 年，参加在加拿大举办的渥太华国际作家会议；

2004 年，人民文学出版社召开徐小斌作品研讨会；

2005 年，参加北京作家协会组织的赴埃及、土耳其的文化交流活动；

2006 年，参加北京文学杂志社组织的中俄文化交流；

2007 年，接到美国文学翻译中心（ALTA）副主席 Rainer. Schulte 先生的邀请，作为惟一的中国作家赴美参加由五十个国家的作家、翻译家参加的美国文学翻译中心三十周年庆典及国际文学研讨会；

2008 年，参加为期一个月的香港国际作家工作坊活动；

2009 年，参加中国 – 厄瓜多尔文学交流活动；

同年，英文版《羽蛇》全球首发，人民文学出版社同步召开新闻发布会；

2010 年由于希腊文小说《亚姐》出版，接受希腊文化部邀请赴希腊交流访问；

2011 年受到美国纽约亚洲协会邀请，赴美讲学，与著名作家苏童一道在美国哈佛大学演讲、座谈；

同年，与莫言等同赴澳大利亚参加"首届中澳文学论坛"与"墨尔本文学节"；

同年年底，应台湾印刻出版社邀请赴台进行文化交流活动；

2012 年，作家出版社举办"特立独行、历久弥新——徐小斌写作三十年作品研讨会"；

2013 年 6 月，新长篇《天鹅》新闻发布会举行；

同年 10 月，参加"首届海峡两岸文学笔会"并作主题发言；

2014 年 1 月，应邀赴泰国进行影视文化交流活动；

3 月，应邀赴澳门大学讲学，在澳门大学郑裕彤书院建立"徐小斌工作坊"；

5 月，荣获加拿大第二届国际"大雅风"华语文学奖小说奖首奖，赴多伦多领奖；

8 月，参加第三届汉学家国际研讨会；

10 月，参加"海外华文女作家双年会暨华文文学论坛"，与余光中、席慕蓉等同台演讲；

2015 年年底，长篇小说《水晶婚》获得年度英国笔会翻译文学奖；

2016 年 4 月，应邀出席伦敦书展并在英国利兹大学演讲；

2016 年 11 月，参加中国作家协会第九次代表大会；

2017 年，在温哥华讲课及举办文学座谈会；

2018 年，《双鱼星座》入选"百年中篇经典"和"百年百部中篇经典"；《对一个精神病患者的调查》入选"百年中篇经典"。

图书在版编目（CIP）数据

弧光 / 徐小斌著 .—北京：作家出版社，2019.8
（徐小斌经典书系）
ISBN 978-7-5212-0665-4

Ⅰ.①弧…　Ⅱ.①徐…　Ⅲ.①电影文学剧本－中国－当代
②电视文学剧本—作品集—中国—当代　Ⅳ.① I235

中国版本图书馆 CIP 数据核字（2019）第 173130 号

弧光

作　　　者：徐小斌
责任编辑：秦　悦
助理编辑：李炫屿
装帧设计：蔡立国
责任印制：李卫东
出版发行：作家出版社有限公司
社　　　址：北京农展馆南里 10 号　　　邮　　　编：100125
电话传真：86-10-65067186（发行中心及邮购部）
　　　　　86-10-65004079（总编室）
E-mail:zuojia @ zuojia.net.cn
http://www.zuojiachubanshe.com
印　　　刷：中煤（北京）印务有限公司
成品尺寸：152×230
字　　　数：205 千
印　　　张：15.25
版　　　次：2020 年 1 月第 1 版
印　　　次：2020 年 1 月第 1 次印刷
ISBN 978-7-5212-0665-4
定　　　价：36.00 元